Ombú Producciones

LEYENDAS DE LA DINASTÍA TANG
de Gonzalo Luque Mazuelos

Ombú Producciones 2020
Diseño de la portada de Jessica Natanauan
www.ombu-producciones.es
ISBN: 9798561815003

PRÓLOGO

Durante el tiempo que he permanecido trabajando en China siempre tuve una fascinación por su mitología y leyendas. A diferencia de los mitos griegos, referente de la cultura europea y que vienen en su mayoría de la tradición escrita, los mitos chinos provienen de la tradición oral. Esto hace que todos los chinos conozcan las mismas historias pero que sea casi imposible encontrar su origen o su transcripción.

Las leyendas, a su vez, poseen ciertas similitudes más con la mitología nórdica que con la griega. En estas historias que aquí se narran es difícil encontrar una moraleja final, a veces la tienen, a veces no. Sus personajes son tremendamente humanos pero no necesariamente nobles o bondadosos; la mayoría engañan, matan, se arruinan y buscan su interés personal constantemente. Incluso hoy en día, a través de programas de televisión chinos, telenovelas de larguísima duración y películas, se ha intentado dulcificar sus comportamientos cuando lo cierto es que la mayoría de historias originales tienen una gran carga de violencia, sexo y traiciones.

En este sentido creí importante escribir este libro, especialmente cuando en unas vacaciones de vuelta a España observé que apenas hay literatura tradicional china editada en español. Esto no hace sino prolongar la imagen hermética del país asiático y que, según mi experiencia directa, no se corresponde con la realidad social y cultural del país.

Para la redacción de estas leyendas me he basado en la recolección que hizo la Universidad de Beijing justo después de la muerte de Mao Zedong y ascenso de Deng Xiaoping a la jefatura del PCCh. En ese momento, se produjo una tímida apertura de la sociedad y cultura china a occidente y la universidad jugó un papel crucial en cuanto a la recopilación y traducción de textos. Sin embargo, dichos textos, difíciles de encontrar y, en general, mal traducidos, sólo los he seguido como mera guía para conformar el esqueleto de las historias. El resto de la redacción ha ido en consonancia con la época que narran, es decir, la Dinastía Tang (618-907), considerada como la época dorada de las artes en la China antigua y sólo comparable más tarde con la Dinastía Ming en cuando a desarrollo cultural. Hubo varias razones para este florecimiento, pero principalmente fue la adopción del confucianismo civil que reemplazó a la anticuada sociedad feudal de la Dinastía Sui (581-618). Este hecho llenó la corte de funcionarios de un alto nivel intelectual, en su mayoría excelentes literatos que, combinado con un desarrollo de labores de impresión, hizo que se creara un florecimiento sin igual de la literatura.

Otro hecho importante y esencial fue la liberación femenina; nunca antes la mujer había gozado de mayor presencia e importancia en la sociedad china. Sin duda influenció la irrupción de la única Emperatriz regente de la historia de China, la hostigada y vilipendiada Wu Zetian

(624-715). La Emperatriz Wu promovió las artes, normalizó el budismo y construyó escuelas y en general fue una época de gran desarrollo y paz. El hecho de que fuera mujer ayudó a normalizar el papel femenino en la sociedad, culminando con la famosa *"Balada de Hua Mulan"* entre otros escritos.

El papel de las mujeres en la literatura de la Dinastía Tang es más que notable. En estas páginas podremos encontrar mujeres fatales, manipuladoras, sufridoras, vengativas, víctimas y verdugos. Los hombres son afectados por las mujeres que, a menudo, son protagonistas de su destino. Aun con todo, Wu Zetian pasará a la historia como una sátira, cruel y pervertida, famosa por sus miles de amantes y excesos sexuales. Sin embargo, esta lectura de su biografía es una interpretación sesgada, marcada por su defensa del budismo frente al ideal confuciano patriarcal y que no hace mérito a su gobierno. Su única competidora en la historia será la Emperatriz viuda Cixi (1852-1908) que, aunque también detentó el poder, no lo hizo de manera oficial, usando siempre al Emperador como títere con ella como poder en la sombra. Ambas, personajes de una importancia extraordinaria, pasarían a la historia como infames gobernantes, cuando todas las evidencias parecen mostrar justo lo contrario.

La influencia en estas leyendas, sin embargo, está ahí y la presencia de las mismas en la sociedad china es totalmente actual. El hecho de que la magnífica tradición oral china siga siendo prácticamente inexistente en España sigue siendo un misterio, sin embargo desde mi modesta aportación he tratado de solventar esta deficiencia a través de estas once leyendas que espero transmitan la fascinación por los relatos chinos que yo mismo he experimentado en el país asiático.

Disfruten.

Gonzalo Luque Mazuelos

LEYENDAS DE LA DINASTÍA TANG

A *Los Yustes*

SUMARIO

LA BELLEZA DE REN[1]

Había en la capital un joven llamado Wei Ying, que era el noveno hijo de la hija del príncipe de Xian. Debido a su posición acomodada en su juventud disfrutó de la vida fácil, siendo especialmente conocido por ser mujeriego y aficionado a la bebida. El marido de su prima, de apellido Zheng, era un buen amigo suyo y era muy ducho en el manejo de las armas, siendo también muy dado al vino, sin embargo no gozaba del mismo éxito que Wei con las mujeres. Pobre y sin casa, Zheng vivía con la familia de su esposa al no poder costearse nada mejor. Él y Wei se entendían muy bien y siempre se divertían juntos.

En la sexta luna del noveno año del período de Tianbao[2] paseaban un día por las avenidas de Xian, que por aquel entonces era la flamante capital del imperio. Al llegar al sur del barrio de Xuanping, con el pretexto de atender unos asuntos privados, Zheng abandonó a Wei diciéndole que se reuniría más tarde con él en un lugar que habían acordado. Montado en su caballo blanco, Wei se dirigió hacia el este, mientras que Zheng, montado en un triste burro, tomó la dirección del sur, pasando por la Puerta Norte del barrio de Shengping.

Por el camino, Zheng se encontró por azar a tres muchachas. Una de ellas, que llevaba un vestido blanco, le miró a los ojos y tímidamente le sonrió. A Zheng aquella

---

1 Historia original del escritor Shen Jiji.
2 Año 750.

joven le pareció de una belleza sin par. Agradablemente sorprendido por el sutil coqueteo de aquella desconocida, decidió dar la vuelta con su burro y seguir a aquella bella muchacha aunque sin animarse a abordarla. De vez en cuando, la joven de vestido blanco echaba la mirada atrás y sonreía. Entonces, con caballerosidad, Zheng le preguntó:

—¿Cómo es posible que semejante belleza vaya a pie y no en palanquín[3]?

La muchacha respondió ruborizada:

—¿Cómo puedo ir de otro modo, si los que tienen una montura no saben cederla?

—Oh, verá, mi pobre borrico no es lo suficientemente bueno para servir de montura a una belleza como usted. Sin embargo le ruego lo acepte. Por mi parte me sentiré feliz de marchar detrás suya, a pie.

Ambos se miraron y rieron con complicidad. Las otras dos muchachas no tardaron en unirse a la conversación y pronto reinó un amistoso ambiente. Zheng las acompañó en dirección este, hasta el Parque Leyou, que ya oscurecía al llegar. Se detuvieron delante de una casa magnífica, rodeada de un muro de adobe con una gran puerta. La belleza de vestido blanco, antes de entrar, se dio la vuelta y le dijo:

—Espere aquí un momento, se lo ruego.

Una de las sirvientas se mantuvo cerca de la puerta y preguntó su nombre al invitado. Zheng se lo dio y de paso rogó saber el de la joven. Entonces se enteró que se llamaba

---

3 Modo habitual de transporte en damas de buena familia.

Ren y que pertenecía a una familia muy numerosa. Tras esperar durante un instante, le invitaron a entrar en la casa. Zheng ató su burro en el portón, dejando su sombrero en la montura. La primera persona que vio en la casa fue a una mujer, de unos treinta años, que vino a recibirlo. Era la hermana mayor de la muchacha que cortésmente le recibió y le condujo hacia el interior. Habían iluminado hileras de faroles por los pasillos hasta llegar al salón principal, donde había una gran mesa engalanada y con una cena ya servida. Indicaron a Zheng que se sentara en el asiento principal, dando a entender que era el huésped de honor. Terminaban de vaciar las primeras copas de vino, cuando reapareció la hermosa Ren vestida con ropa nueva. Zheng no pudo ocultar su admiración mientras todo el mundo continuaba bebiendo alegremente. Ya muy avanzada la noche uno a uno se fueron retirando a sus estancias y Ren, sin dejar de sonreír y de manera discreta, invitó a Zheng a su habitación.

Pasaron juntos la noche y Zheng parecía flotar extasiado ante tal belleza. Todo en aquella joven resultaba sensual; sus encantos, su delicadeza, su modo de cantar, de reír y moverse, sus gestos resultaban tan exquisitos que no parecían de este mundo.

Un poco antes del amanecer, Ren le dijo:

—Llegó la hora en que debería retirarse. Mi hermano es miembro del conservatorio de música y sirve en la guardia real. Vuelve a casa a primera hora y es mejor que no lo encuentre aquí.

Zheng asintió, recogió sus cosas y se marchó. Cuando llegó al extremo de la calle, la puerta de la muralla del sector aún estaba cerrada, por lo que tuvo que esperarse en las inmediaciones a que abrieran. Cerca de la puerta había una pastelería y el dueño comenzó a descolgar las linternas y avivar el fuego del horno. En espera de la apertura del barrio de la mañana, Zheng descansó en la barra del negocio y se puso a charlar con el patrón. Indicando el lugar donde pasó la noche, Zheng le preguntó:

—Girando a la izquierda hay un portón. ¿A qué familia pertenece esa casa?

—¿Pero qué dice? Ahí no hay ninguna casa: sólo un terreno baldío y algunas ruinas — le respondió el pastelero.

—Pues yo vengo de allí — insistió Zheng —. ¿Por qué me dice que no hay ninguna casa?

De pronto, el pastelero pareció comprender a qué se refería, y dijo:

—¡Ah! Ya veo. Usted es uno de esos. Verá, allí suele haber una zorra que a menudo atrae a hombres para pasar la noche con ella. Ya van tres veces que la he visto este mes. ¿Quizás usted es uno de ellos? —. Dijo riendo.

Avergonzado y confuso, Zheng salió del paso diciendo que no, que se habría equivocado de sitio y que él no era uno de esos incautos que el pastelero describía.

Volvió a casa cariacontecido, con una mezcla de emociones que lo tenía confuso. Al ver a su mujer no pudo evitar ponerse de mal humor y aunque ella no le preguntó dónde había pasado la noche, era evidente que algo había sucedido.

A Zheng no le importaron las apariencias, sólo quería volver a ver a Ren. Así que bien entrado el día y casi sin haber dormido, volvió al mismo lugar. Allí encontró el mismo muro y el mismo portón donde había dejado a su borrico, pero tras la puerta sólo halló un descampado donde no crecían más que matorrales salvajes.

Camino a casa, se encontró con Wei, que le reprochó el haber faltado a la cita el día anterior. Zheng se limitó a formular algunas vagas excusas, cuidándose de no revelar su secreto, pues conocía de buena mano la fama de seductor que tenía su amigo.

Pasaron los días y Zheng se obsesionó más y más con los encantos de la misteriosa Ren. Trató de verla una vez más, aunque no sabía dónde buscarla, así que se limitó a guardar su imagen en el fondo de su corazón y esperar que algún día tuviera la fortuna de encontrarla de nuevo.

Diez días después, en el curso de un paseo por el Mercado del Oeste, frente a una tienda de vestidos, inesperadamente la vio. Como siempre, iba acompañada por sus sirvientas pero esta vez llevaba puesto un vestido azul. Zheng no se pudo contener y la llamó en voz alta, pero ella pareció evitarlo y se perdió entre la multitud. Entonces Zheng se lanzó en su persecución sin dejar ni un solo instante de gritar su nombre. Finalmente ella se detuvo. Dándole la espalda y escondiendo su rostro detrás de un abanico le preguntó:

—¿Por qué me busca armando tal escándalo? Si ya sabe dónde encontrarme.

—No pude dar contigo — replicó Zheng —, y quería verte de nuevo.

—¡Qué vergüenza estoy pasando! ¡Me impone tanto estar frente a usted!

—¡Estoy profundamente enamorado de ti, Ren! — replicó Zheng —. ¿No te da lástima abandonarme así?

—¿Cómo puedo pensar en abandonarlo? Lo que ocurre es que tengo miedo de que me acabe odiando o que me repudie.

A Zheng le ofendió aquella insinuación, sus palabras sonaron tan sinceras y tristes que Ren terminó por bajar el abanico y, volviéndose hacia él, se mostró con toda su resplandeciente hermosura.

—Yo no soy la única de mi especie entre las mujeres, ¡hay tantas como yo! Pero lo que ocurre es que usted no sabe reconocernos, ¡creame, yo no tengo nada de extraordinario!

Pero Zheng no estaba de acuerdo. Pasar la noche con ella era lo más placentero que le había ocurrido en la vida. Aunque estaba razonablemente contento con su matrimonio y su mujer era prudente y amable, poseer los encantos de Ren le parecía algo de otro mundo, y no quería olvidarse de ella.

Zheng le suplicó que lo acompañase, pero ella advirtió:

—La gente no aprecia a mujeres como yo por considerarlas fatales. Pero yo no soy así. Si no me encuentra desagradable, estoy dispuesta a compartir mi vida con usted.

Zheng, totalmente cegado por el amor y la lujuria, le propuso vivir juntos. Ren le dijo:

—Continuando por esta calle hacia el este, encontrará un barrio tranquilo y una casa en la cual un enorme árbol domina toda la techumbre. Esa casa se alquila. El otro día, cuando nos encontramos al sur del barrio de Xuanping, había con usted un hombre montado sobre un caballo blanco que se dirigía hacia el este. ¿Es pariente suyo? Según tengo entendido es un hombre pudiente, tal vez usted pueda pedirle que le preste algunos muebles.

Zheng se apresuró a alquilar aquella casa aunque no tuviera dinero para hacerlo. La sola idea de compartir lecho con Ren era acicate suficiente para intentar llevar a cabo aquella destartalada empresa, así que se fue directamente a hablar con Wei.

Justamente en esa época, los tíos de Wei debieron ausentarse al ser llamados para cumplir sus funciones oficiales. Aprovechando el consejo de Ren y la ausencia de los tíos, Zheng fue a casa de Wei para pedirle prestados algunos muebles. Wei se mostró intrigado y le preguntó para qué los quería, a lo que Zheng respondió:

—Ahora tengo una bella amante y he alquilado una casa. Los muebles los necesito para ella.

Wei le respondió con una risotada:

—¿De qué belleza me hablas? Con una facha como la tuya, sin dinero y yendo por ahí montado en burro, me imagino que valdrá poca cosa.

Pero Wei pudo ver la seriedad y convicción con la que Zheng hablaba y no pudo negarse a hacerle ese favor. Así que le siguió la corriente y le entregó cortinas, mosquiteros, camas y esteras.

—Muchas gracias, mandaré un carruaje para llevármelo todo.

Cuando Zheng se hubo marchado, Wei se quedó pensativo. No comprendía cómo un matrimonio relativamente feliz como el de su prima y Zheng, que sin duda favorecía económicamente al segundo, podría ser arriesgado por una chiquilla a la que acababa de conocer. Intrigado, mandó secretamente a un sirviente suyo para espiar a aquella mujer para saber si era tan bella como decía Zheng. Unas horas después, el sirviente volvió sin aliento e inundado de sudor.

—¿La viste? — preguntó Wei —. ¿Cómo es?

—¡Maravillosa! ¡Jamás he visto una mujer como ella!

Wei tenía muchas relaciones y en su vida aventurera tuvo oportunidad de conocer muchas mujeres bellas. Le preguntó a su sirviente si la amante de Zheng era comparable a algunas de ellas.

—¡No se la puede comparar con nadie! — exclamó el sirviente.

Wei preguntó si se podía comparar con las cuatro o cinco mujeres más bellas con las que había estado, pero el sirviente insistió:

—¡No, de verdad que no se la puede comparar con nadie!

Wei tenía una cuñada, la sexta hija del príncipe de Wu, cuya majestuosa belleza era considerada por sus primos como algo sin par y era una esposa muy codiciada por todo Xian.

—¿Será la amante de Zheng comparable a la sexta hija del príncipe de Wu?

Pero el sirviente declaró una vez más:

—¡Ni hablar, la mujer que he visto no tiene comparación con ninguna!

Estupefacto, Wei se frotó las manos y exclamó:

—¿Es posible que exista semejante mujer en este mundo?

— Lo es, porque la he visto con mis propios ojos.

Wei quedó profundamente herido en su orgullo, pues no podía entender cómo un desgraciado como Zheng podía haber conquistado a una belleza mayor de las que él había seducido. Así que, bruscamente, ordenó que le trajeran agua para asearse, se hizo un nuevo peinado, se puso colorete en los labios, y se dirigió a la casa de Zheng para ver a semejante belleza y poder arrebatársela, pues tal era la magnitud de su enfado.

Cuando llegó, Wei vio a un joven criado que se encontraba barriendo, una sirvienta cuidando una puerta y nadie más. Preguntó al criado, que con una sonrisa le respondió que no había nadie en la casa. Sin embargo, recorriendo las habitaciones con la mirada, percibió la punta de un vestido rojo bajo una puerta y al acercarse descubrió que allí se escondía la bella joven. Wei se presentó y le pidió que saliera de la oscuridad para mirarla. Cuando Ren salió con aquel vestido rojo, la encontró mucho más hermosa de lo que se había imaginado. Sensual y huidiza, Wei sintió que tenía que poseerla sin importar cómo.

La cabeza le daba vueltas, pues no podía soportar que Zheng hubiera acabado con una mujer semejante así que, loco de ira y celos, la tomó entre sus brazos intentando besarla, pero ella se resistió. Él la manoseaba y trataba de quitarle el vestido pero ella conseguía zafarse. Después de forcejear un rato, Wei apretó tan fuerte que, a punto de desfallecer, ella le dijo:

—Me rindo, pero déjeme un instante que recobre el aliento.

Pero Wei hizo caso omiso y volvió a abrazarla y a intentar poseerla, él lo intentaba y ella continuaba resistiéndose varias veces. Finalmente, con todas sus fuerzas Wei logró dominarla y la joven, ya sin fuerzas y bañada en sudor, considerándose perdida se desplomó como si estuviera muerta.

—¿Pero qué pasa? ¿Por qué te resistes? ¿Acaso no sabes quién soy? — le preguntó Wei.

Ella se recompuso y respondió con un largo suspiro:

—Sé quién eres.

—¿Entonces por qué te resistes?

—¡Por mi pobre y desgraciado Zheng!

—¿Qué quieres decir? ¡No te preocupes por ese desgraciado! ¡Conmigo no te va a faltar de nada!

—No es eso.

—¿Entonces qué?

—Mi pobre Zheng, no puede ni siquiera proteger a la persona que le ama. Usted, que es joven y rico, y que tiene tantas bellas amantes, cree que no le puede faltar una mujer como yo en su colección. Pero Zheng es pobre y solamente yo lo quiero. ¿Cómo puede arrebatarle su único amor a su amigo? Usted, que puede colmar todos sus deseos. ¡Cómo compadezco al pobre Zheng! Lleva ropa que no es suya y siempre le tienen que invitar a comer. Por eso está a su merced. Si él tuviese de qué comer y un trabajo digno no tendríamos que pasar por todo esto.

Al escuchar estas palabras, Wei, que no dejaba de ser un hombre galante al que le gustaba sentirse deseado, desistió inmediatamente de sus intenciones, y con todo respeto se excusó ante la dama.

—Lo siento muchísimo, no sé qué me ha pasado por la cabeza. Realmente no soy así, ruego que me perdone.

Ren pareció recomponerse y se ajustó el vestido. Asintió ligeramente con la cabeza, como dando a entender que perdonaba el comportamiento de Wei.

Momentos después Zheng volvió a su casa y se alegró de ver a su amigo allí. Se saludaron cordialmente y charlaron durante un buen rato alrededor de una taza de té.

A partir de ese día, con una mezcla de vergüenza por lo acontecido así como verdadera felicidad por la pareja, Wei hizo varios regalos a los enamorados para que no faltara de nada en aquella casa, cuidándose de hacerlo a espaldas de su prima, la esposa de Zheng.

En los meses venideros Wei frecuentó mucho la casa de Zheng y, como a menudo su amigo no se encontraba presente, comenzó a conocer mejor a Ren, que le recibía siempre con cordialidad, aunque con la presencia de varios criados.

Con el paso del tiempo, Ren comenzó a salir a menudo con Wei, ya sea en carroza o a pie, aceptando ir a cualquier parte juntos en calidad de amigos. Todos los días Wei gozaba de su compañía, en una intimidad que no admitía ningún límite pues cada vez fueron tomando más confianzas y normalmente compartían confidencias íntimas. Ella le daba todas las complacencias salvo la de acostarse con él, lo que a los ojos del joven caballero la hacía más adorable y digna de respeto. Juntos paseaban, comían juntos y se dejaban ver por plazas y lagos. Por su parte él se iba enamorando poco a poco y la colmaba de regalos. Ni el vino, ni las comidas deliciosas apartaban a Ren de su pensamiento.

Un día, tras un agradable paseo y después de compartir una lujosa cena y sabiendo que él la adoraba, Ren se expresó en esta forma:

—Tantos regalos me abruman. Sé que soy indigna de todos ellos y que tampoco debería de estar con usted paseando como si nada. Pero tiene que saber que no puedo traicionar a mi Zheng, ni satisfacer los sentimientos que usted tiene por mí. Lo único que puedo hacer es darle mi agradecimiento. Nací en Shaanxi[4] y fui educada en la capital. Los miembros de mi familia fueron gente que se dedicaba al teatro y la mayoría de mis parientes son favoritos o concubinas de hombres ricos. Por supuesto están relacionados con todos los libertinos de Xian y sabemos la vida que llevan. Déjeme devolverle todas estas cortesías y dígame, si usted tiene el ojo puesto en alguna dama, apetecible pero difícil de conquistar, entonces puedo hacer que sea suya. De tal modo quiero mostrar mi reconocimiento.

—¡Oh, no es lo que tenía en mente, pero respeto su decisión y acepto muy feliz su ofrecimiento! — respondió Wei, aunque no sabía si de verdad podía colmar esta promesa, así que decidió ponerla a prueba.

En el mercado había una costurera llamada Zhang la Decimoquinta[5], que gustaba a Wei por lo elegante de sus formas. Le preguntó a Ren si la conocía.

—Es pariente lejana y será fácilmente suya— respondió Ren — Tal vez debería usted apuntar más alto.

Pero Wei insistió en aquella muchacha y no hablaron más del tema.

Diez días después la costurera Zhang se presentó en la puerta de Wei, preguntando por él, con toda disposición y presta a pasar la noche juntos. Pasaron varios meses en los

4 Provincia cuya capital es Xian.
5 En China, hasta hace relativamente poco tiempo, los hijos de familias humildes rara vez tenían nombre propio, tan sólo adoptaban el apellido paterno y el número ordinal dentro de la familia. En este caso la familia tiene al menos quince hijos, de ahí el nombre de Decimoquinta Zhang.

que estuvieron viéndose con regularidad. Después de algún tiempo, cuando Wei se hubo cansado de ella, Ren le dijo:

—La conquista de las mujeres del mercado es cosa demasiado fácil, apenas necesita de mi ayuda. De ningún modo está a la altura de los servicios que le puedo brindar. Dígame si le apetece alguna que sea tan hermosa como poco accesible, y haré lo posible por complacerlo.

—Pues ahora que lo dices, ayer, durante la fiesta de Hanshi[6]— contó Wei —fui al templo Qianfu con algunos amigos, y vi al general Diao Mian que ofrecía un concierto en la gran sala principal. Entre las músicos había una dama que tocaba el sheng[7], de unos dieciséis años, con el cabello ligeramente rizado. Era bellísima, encantadora y adorable ¿la conoces?

—Sí, es la favorita del general— respondió Ren —. Su madre es justamente amiga mía. Me ocuparé de ella.

Wei, complacido, la despidió con toda deferencia y Ren se puso manos a la obra.

Desde aquel entonces Ren comenzó a frecuentar la casa del general pero, un mes después, el plan parecía no dar sus frutos, así que Wei se mostró escéptico con que su deseo fuera a convertirse en realidad. Sin embargo, Ren no dudó de su táctica y le pidió dos piezas de seda para regalo y él se apresuró a entregárselas. Dos días después, cuando Ren y Wei se sentaban a cenar en un conocido local de Xian, el

---

6 La fiesta de Hanshi es la antesala del Qingming, día en el que se honra a los muertos y se barren sus tumbas. Se caracteriza porque se come comida fría. Es un día festivo y social en el que se tiene por costumbre volar cometas.

7 Instrumento de viento, tradicional chino.

general les envió un criado con un caballo negro para rogarle que fuera a su casa. Al anuncio de esta invitación, ella, sonriente, le dijo a Wei:

—¡Ya está! ¡Ahí tienes a tu dama!

—Pero, ¿cómo lo has conseguido? — Preguntó Wei.

Ren le contó que la favorita del general había sido atacada por una enfermedad, contra la cual la medicina resultaba impotente. La madre de la joven y el general, muy alarmados, decidieron consultar a un monje taoísta[8]. Mientras tanto Ren, a escondidas, sobornó al monje con las piezas de tela, e indicando su dirección, le hizo decir que la joven enferma debía de ser alojada en otra casa que no fuese la suya para conjurar los malos espíritus.

Llegado el momento de la consulta, el monje le dijo al general:

—Esta casa es nefasta para ella. Es preciso que se vaya hacia el sudeste, a una casa cuya dirección le indicaré y donde volverá a encontrar su aire vital.

Al informarse del lugar designado, el general y la madre de la joven descubrieron que justamente se trataba de la casa de Ren. Mandaron entonces a un criado con un caballo negro para recoger a Ren y pedirle así el personalmente permiso para poder hospedar allí a la favorita del general. Al principio Ren se negó con el pretexto de que no podía ofrecer las necesarias comodidades y sólo aceptó después de muchos ruegos. Entonces el general envió en una

---

8 En la época, se creía que los monjes taoístas eran adivinos y magos y en numerosas ocasiones se les pagaba para que librasen de malos espíritus las casas.

carroza a la joven y a su madre, con sus instrumentos musicales, útiles de escritorio y efectos personales.

Apenas llegó a la nueva casa, la enferma se sintió sana y salva. En los días siguientes, Ren puso secretamente a Wei en contacto con la joven y mantuvieron relaciones durante cerca de un mes, tras lo cual ella se quedó embarazada. La madre tuvo mucho miedo de las posibles reprimendas del general así que con todo apuro volvió a llevar a su hija de vuelta a casa del militar, con la esperanza de que creyese que el hijo era suyo. Así terminó esta aventura.

El hecho de que hubiera salido bien esta historia hizo que Wei y Ren estrecharan aún más su amistad. Zheng, que era consciente de la influencia que su amante ejercía sobre la sociedad de la capital, le pidió ayuda sobre un asunto económico, pues casi no podía mantener el tren de vida que su esposa y Ren llevaban.

Después de considerarlo durante unos días, Ren le dijo a Zheng:

—Si puedes encontrar cinco o seis mil monedas, yo me encargo de que produzcan beneficio.

Zheng, intrigado, accedió y tuvo que pedir prestado seis mil monedas. Entonces ella le dijo:

—Ve a la feria de ganado, mi querido Zheng. Allá encontrarás un caballo con una mancha en la grupa. Cómpralo cueste lo que cueste y traelo a casa.

Zheng, obediente, fue hasta la feria y una vez allí vio a un hombre con un caballo a la venta, en cuya grupa se veía una mancha negra. Lo compró sin dudarlo ni un instante y volvió a la casa. Sus amigos lo abrumaron con sus burlas:

—¿Por qué has comprado este caballo? Pero si no vale nada.

Zheng les ignoró y se lo enseñó a Ren, que asintió complacida.

—Ten paciencia, que todo llegará, no prestes atención a lo que la gente te diga del caballo.

Zheng siguió su consejo y guardó al animal a espera de que le dijera qué hacer con él.

Al cabo de un tiempo, Ren le dijo:

—Llegó el momento de vender el caballo. Ve a la feria, pero esta vez no pidas menos de treinta mil monedas.

Zheng lo puso en venta y llegaron a ofrecerle hasta veinte mil, pero no aceptó. En la feria todos se sorprendieron:

—¡Este está loco, mira que rechazar una oferta tan buena por ese caballo!

Zheng se disponía a volver a casa con su caballo, así que lo montó y se despidió de los allí presentes. En el último momento un comprador le llegó a ofrecer veinticinco mil monedas, pero Zheng las rechazó rotundamente, declarando que no lo vendería por menos de treinta mil.

De igual manera, sus amigos le reprocharon que fuera tan testarudo y le presionaron para que aceptara esa última y desorbitada oferta. Pero él se mantuvo firme en sus convicciones y se fue a casa. En el camino, aquel último comprador le alcanzó y accedió a pagarle la suma que quería.

Más tarde terminó por descubrir la razón de la insistencia del último comprador. Resulta que ese hombre era el cuidador de la caballería imperial del distrito de Zhaoying. Hacía tres años se le había muerto un caballo con una mancha en la grupa a causa de una enfermedad que no supo prever. Al ser una negligencia suya le obligaron a reembolsar la excesiva suma de sesenta mil monedas por la pérdida del animal. Así que al final accedió a pagar los treinta mil por el caballo de Zheng, pues, al comprarlo a mitad de precio, ahorraba una buena suma.

Pasó el tiempo y la pareja fue prosperando poco a poco, aunque todavía tenían que pedir algún que otro favor a Wei para mantener una cierta calidad de vida. Un día, Ren le pidió vestidos a Wei, porque los que tenía estaban muy gastados. Wei le propuso comprarle una pieza de seda, pero ella no quiso, diciendo que ella no sabía coser y que prefería ropa confeccionada. Entonces Wei hizo venir a un prestigioso sastre llamado Zhang Da y se lo presentó a Ren para que pidiera lo que necesitaba. Zhang Da la vio y quedó tan asombrado que, entre susurros, le dijo a Wei:

—Esa mujer amiga suya no es una mujer corriente. Espero que se la lleve de vuelta de donde la sacó, sólo así evitará una desgracia.

Wei no comprendió la animadversión del sastre y achacó ese inoportuno comentario a que la belleza de Ren podía resultar realmente imponente y en ciertas personas provocaba una impresión sobrenatural. Sin embargo, era cierto que no era una mujer corriente, pues nadie podía comprender por qué no sabía coser, pasatiempo habitual en las mujeres de la época, contentándose con la ropa de confección. No obstante, no le dio la mayor importancia a esta peculiaridad de su amiga.

Un año después, Zheng fue nombrado capitán de la prefectura de Huaili, y su cuartel general estaba en la ciudad de Jincheng[9]. Aunque vivía razonablemente feliz en su matrimonio, Zheng no dejaba de pensar en Ren. Se veía obligado a salir de día y volver a casa para dormir con su esposa, lamentándose siempre de no poder pasar la noche con su amante. Antes de ocupar su cargo de capitán en la campaña, le rogó a Ren que lo acompañara durante el largo camino, ya que su esposa no viajaría con él y tendrían mucho tiempo solos. Pero ella no aceptó:

—Estar juntos de viaje, solamente por uno o dos meses, no nos brindará mucho placer, además, seguro que a tu mujer no le gustará que yo viaje contigo. Será mejor que me quede aquí, cuidaré la casa mientras espero tu vuelta, mi querido Zheng.

Zheng insistió, lo que no hizo sino reafirmar su negativa. Entonces Zheng le pidió a Wei que hablara con ella para convencerla y este trató de persuadir a Ren, preguntándole los motivos de su rechazo. Después de una larga vacilación, ella terminó por confesar:

—Un monje predijo que un viaje al oeste resultaría fatal. Esta es la razón de no querer acompañarlo.

---

9   Ciudad prefectura de la provincia de Shanxi.

Pero Zheng, demasiado encaprichado como para pensar en esas cosas, se echó a reír y dijo:

—¿Cómo una mujer inteligente puede ser tan supersticiosa?— Y continuó insistiendo para que lo acompañase en el viaje.

—¿Y si las palabras del monje resultaran ciertas? ¿Prefieres que muera por culpa de tu insistencia?— Dijo Ren.

—¡Qué absurdo!— Declaró Zheng.

Wei, pese a que no entendía que su amigo no respetara la decisión de Ren, no salió en defensa de su bella amiga, pues era leal a Zheng. Así que los dos hombres siguieron insistiendo. Finalmente Ren se sintió obligada a viajar con él pese a sus temores.

Wei les prestó sus caballos y les deseó feliz viaje, acompañándolos hasta Lingao. Al día siguiente llegaron a Mawei. Ren iba adelante, cabalgando majestuosa su caballo; Zheng la seguía sobre el suyo, y las sirvientas y el resto de la comitiva venían detrás.

En uno de aquellos páramos, los maestros de la caballería del ejército del oeste adiestraban a los perros de caza en Luochuan[10]. Aunque estaban bien amaestrados, los perros se cruzaron en el camino y de repente saltaron sobre los matorrales y atacaron al caballo de Ren, que se encabritó y la tiró al suelo. Zheng tardó en bajarse del caballo por miedo a los perros y, en ese momento, vio cómo Ren caía a tierra y, adoptando la forma de una zorra, se escapó hacia el sur, seguida por toda la jauría de perros cazadores. Zheng

10 Región a mitad de camino entre Xian y Jincheng.

no pudo creer lo que estaba viendo y se puso a gritar desesperadamente. Cabalgó tras los perros, pero no los pudo alcanzar. Después de huir algunos centenares de metros, Ren fue atrapada por las fauces de las bestias, que acabaron de manera brutal con su vida. Cuando Zheng la encontró, vio su cuerpo humano ensangrentado y se abrazó a él, llorando desconsoladamente, pues había perdido a la mujer de su vida.

Cuando volvió tras sus pasos, vio al caballo de Ren pastando calmadamente en el borde del camino. Sus vestimentas aún permanecían sobre la silla de montar, sus zapatos y medias todavía colgaban de los estribos. Sólo los adornos de la cabeza se veían en el suelo.

Zheng compró un caro ataúd en un pueblo cercano y la enterró allí mismo, dejando una inscripción en una piedra para honrar su memoria.

Diez días después, volvió a Xian. Wei, muy feliz de verlo, le preguntó:

—¿Cómo está Ren?

—¡Murió!— respondió Zheng entre sollozos.

Wei no pudo creer lo sucedido y lo acompañó en su dolor. Se abrazaron en medio de la habitación y lloraron juntos con gran desesperación. Después Wei le preguntó qué enfermedad la había arrebatado.

—La mataron unos perros de caza— respondió Zheng.

—¡Por más feroces que sean los perros de caza no son capaces de matar a un ser humano!— protestó Wei.

—Es que ella no era un ser humano— dijo Zheng.

—¿Entonces quién era?— Preguntó muy extrañado.

Cuando Zheng le contó toda la historia, Wei llegó al límite de su estupefacción, sin dejar de suspirar un solo instante. Al día siguiente tomaron un palanquín y fueron juntos a Luochuan, y después de abrir la tumba para verla una vez más, retornaron llorando.

Resultaba irónico, pero sentados juntos a recordar las cosas del pasado, pensaron que lo que más les extrañaba era que ella nunca quiso coserse sus propias ropas.

Después de un tiempo, Zheng fue nombrado inspector general de la corte y se convirtió en un hombre sumamente rico, llegando a poseer más de doce caballos en su caballeriza. Murió a la edad de sesenta y cinco años. Nunca pudo olvidar a Ren.

Años más tarde, tuve la ocasión de vivir en Zhongling e hice amistad con Wei, quien muchas veces me contó esta historia, de la que conocía los menores detalles. Tiempo después, Wei fue nombrado canciller de la corte imperial, al mismo tiempo que alcalde de Longzhou[11], donde falleció mientras desempeñaba su cargo. Él tampoco pudo olvidarse de Ren y siempre se arrepintió de no haber tomado partido por ella cuando no quiso ir a aquel fatídico viaje. Sentía que la había fallado, justamente a su amiga, que le había dado tanto sin esperar nada a cambio.

Todo esto me hizo reflexionar sobre lo que nos hace humanos. Incluso un animal es capaz de abrigar sentimientos humanos, conservar su castidad frente a la

11 Ciudad al sur de China, lejos de Xian, en la provincia de Guangxi.

violencia, y sacrificar su vida por un hombre. ¡Tantas cosas que una inmensa cantidad de personas no son capaces de sentir ni expresar!

Lástima que el tal Zheng no fuese más inteligente pues había amado la belleza de Ren sin saber apreciar su corazón. Podría haber respetado su integridad y sus decisiones, siempre sabias. Si hubiese sido inteligente, habría podido discernir los límites entre lo humano y lo divino, y de tal modo podría haber ahondado en los sentimientos de la bella Ren en vez de limitarse al simple goce de sus encantos. ¡Qué lástima todo esto!

En el segundo año del período de Jianzhong, partí a Suzhou en calidad de consejero a la izquierda del príncipe. Al mismo tiempo, el general Pei Ji, el viceministro Cui Xu del Ministerio de Asuntos Civiles y el consejero a la derecha Lu Chun, se dirigieron hacia el sudeste. De la provincia de Shaanxi hasta Suzhou, viajamos juntos en tierra y en barco. Con nosotros se encontraba también el exconsejero Zhu Fang, que realizaba un viaje de placer. Nuestro barco descendió los ríos Ying y Huai. Pasamos los días en una permanente fiesta, de noche charlábamos y cada cual contaba las leyendas más extrañas. Al escuchar la historia de Ren todo el mundo quedó profundamente conmovido y fascinado por la muchacha.

Pensé que Ren todavía era capaz de provocar esa fascinación en la gente. En numerosas ocasiones me pregunté qué habría sentido yo al haber conocido a un personaje tan extraordinario. A veces pienso que habría sido leal y la habría apoyado en sus decisiones, pero otras creo que habría sido igual de estúpido que Zheng y que me habría limitado a gozar de su belleza. En cualquiera de los casos, todo aquel al que le conté esta historia me pidió que la escribiera, así que en honor a tan maravillosa dama tuve que hacerlo.

CUI MINGKO

Cui Mingko, natural del distrito de Poling era conocido por ser un muchacho honesto y responsable que nada temía a los abusones de su edad pero también era testarudo y obcecado cuando creía tener razón en algo.

Al poco de cumplir diez años comenzó a encontrarse mal debido a una repentina enfermedad. Sin saber qué hacer, su familia no encontró remedio alguno y acabó falleciendo pocos días después. Cuando su alma llegó al submundo, Cui se encontró con un escribano que revisaba cada caso para adjudicarle una ocupación en el mundo de los muertos. Cui se enfadó mucho, pues según él no debía de haber muerto tan joven. El escribano ignoró a Cui, pues estaba acostumbrado a escuchar las mismas excusas una y otra vez, pero este insistió tanto que volvieron a revisar el caso con tal de no oír sus quejas más. Le llevó casi un año de reclamos y súplicas en los que se negó a hacer nada hasta que su caso se hubiese resuelto. Tanto protestó y tanto empeño le puso que fue mandado de vuelta al mundo de los vivos unos años después. Ni los escribanos, ni los guardianes del submundo soportaban a aquel crío que tanto les incordiaba con sus quejas.

Según alegó Cui posteriormente, su convocatoria al mundo de la muerte sólo se debió a un lamentable error tipográfico del que, al no ser culpa suya, no tenía por qué pagar.

—Efectivamente, te devolveremos al mundo de los vivos –
le dijo el escribano—. Pero por desgracia tu cuerpo ya está
descompuesto. ¿Qué podemos hacer al respecto?

Cui suplicó al funcionario de los muertos que lo resucitara
con su apariencia habitual.

—Pero vamos a ver, que de ti sólo quedan los huesos, no
queda nada de piel, se ha descompuesto—. Dijo el
escribano.

—Esa no es mi culpa, al haber sido un caso más que
irregular vuestra obligación tendría que haber sido
preservar mi cuerpo para que, si volviese a la vida, pudiera
retornar a él sin problema.

—¿Se habrá visto una osadía igual? Primero te devolvemos
a la vida, y ahora pones condiciones.

—Ese no es mi problema, sino el vuestro, quiero mi cuerpo
y lo quiero ya—. Concluyó Cui.

Las protestas de Cui eran cada vez más difíciles de replicar,
así que el funcionario se reunió con el regente del
submundo y juntos acordaron darle una solución a Cui.
Después de varias consultas y asambleas el rey del
submundo mandó buscar un trozo de piel para que cubriera
el esqueleto del cuerpo de Cui. Encontraron una piel
escondida en uno de los departamentos del infierno. En
cuanto la tuvieron en sus manos, se la pusieron al
esqueleto, que volvió a cubrirse enteramente y a adoptar la
apariencia habitual. Sin embargo, la piel no era lo
suficientemente larga y tuvieron que dejarle los pies sin

cubrir, por lo que más abajo de los tobillos los huesos estaban a la vista.

A continuación de este suceso, la familia del difunto vieron a Cui más de una vez en sueños, comunicándoles su resurrección de manera inminente. Al principio sus familiares no le prestaron atención, objetando que se trataría de una causalidad que todos soñaran con Cui. Sin embargo, este insistió e insistió, hasta que, extrañados, los familiares decidieron abrir el ataúd y en efecto allí estaba, contrariado por la espera y ansioso por salir de aquella tumba.

En los años que estuvo en el submundo, Cui tuvo la oportunidad de hojear su expediente. En él estaba escrito que tendría un gran futuro y que gozaría de numerosos ascensos sociales. En consecuencia, cuando estuvo de vuelta en el mundo de los vivos, solicitó entrar en la guardia real, ofreciéndose voluntario en numerosas ocasiones para las misiones más peligrosas, despreciando el peligro y burlándose de los malvados, ya que sabía lo que le deparaba el destino.

Con el paso del tiempo y dados sus méritos, fue nombrado prefecto de Sichuan[12] y se trasladó a la capital, Chengdu, instalándose en el palacio de la prefectura. Dichas estancias llevaban abandonadas desde hace años, pues todo el palacio tenía fama de estar embrujado y nadie se atrevía a solicitar el traslado a aquel lugar.

12 Región al sur de China.

Se decía que el pabellón fue habitado en otros tiempos por el fantasma de Xiang Yu[13]. Pero desde su llegada, Cui ordenó restaurarlo y lo convirtió en su sala de audiencia. Un día, una potente voz hizo temblar los cimientos de todo el edificio.

—¡Aquí estoy yo, el rey de Chu del Oeste! —tronó la voz—, ¿Quién es ese Cui Mingko que se atreve a suplantarme en mi palacio?

—¡Pero si serás miserable, Xiang Yu! —respondió el nuevo prefecto—. Mientras estabas vivo no fuiste capaz de contener a Liu Bang, que conquistó el imperio y se convirtió en Emperador de los Han[14]. ¿Y ahora, muerto, vienes a disputarme esta habitación ruinosa? Por otra parte, siendo rey has caído en el río Wu. Te han cortado la cabeza, y la expusieron al mismo tiempo que tu cuerpo, pero en puntos distantes de muchas docenas de miles de lis[15]. Aunque ahora goces de algunos poderes sobrenaturales, no seré yo quien te tenga miedo. Porque ya, amigo mío, no te respeta nadie.

Dijo esto aquella voz poderosa se apagó y se marchó avergonzada de aquel lugar. Desde entonces el palacio fue exorcizado.

---

13 Famoso general de la dinastía Han (siglo III). Conocido por su nepotismo y su crueldad. Se autoproclamó Gran Señor del estado oeste de Chu.

14 Tal y como ocurrió en la realidad, Xiang Yu trató de eliminar a su rival político Liu Bang varias veces sin éxito, hasta que este fue el que lo derrotó en una larga persecución. Su concubina, de nombre Yuji, se suicidó antes que él, siendo este hecho descrito en la famosa ópera china "Adiós a mi concubina". Él terminó suicidándose poco después, ahogándose en un río.

15 Un Li equivale a unos quinientos metros.

Los años pasaron y la fama de Cui fue creciendo, su semblante, siempre serio, y sus enigmáticos pies, que eran todo hueso, causaron el temor de todos los fantasmas y criaturas sobrenaturales. Transcurrieron algunos años y Cui fue ascendido varias veces más. Contrajo matrimonio con una afamada dama de buena familia y tuvo tres hijos, que gozaron de una vida plena.

Cuando el tercero de sus hijos decidió casarse con una joven de las provincias del este, Cui la mandó buscar y que la trajeran en una bella carroza para el casamiento. Cuentan que la víspera de la ceremonia, los vecinos que vivían cerca del templo consagrado a los espíritus de la montaña Huang[16] se sorprendieron al caer la noche por causa de un insólito movimiento en el templo. Algunos curiosos se acercaron a espiar y vieron que el patio estaba iluminado con antorchas. Varios centenares de fantasmas en formación de parada, recibieron la orden de escoltar a la futura esposa del tercer hijo del prefecto, con la consigna de no producir ningún ruido que fuese susceptible de irritar al prefecto Cui. Tal era la fama y el respeto que se había labrado entre los habitantes del submundo.

16 Conocida como "La montaña amarilla". Al este de China.

JADE[17]

Durante el reino de Dali[18] había un joven de Longxi[19] que se llamaba Li Yi. A la edad de veinte años aprobó con todo éxito el Examen de Servicios Civiles, y al año siguiente, en su calidad de funcionario, presentó su candidatura a una plaza para el Ministerio de Asuntos Civiles. En verano, en la sexta luna, llegó a la capital y se alojó en el barrio de Xinchang. Perteneciente a una buena familia de letrados, pese a su extrema juventud ya mostraba un talento descomunal y la belleza de sus obras hacía que sus contemporáneos lo considerasen como un escritor incomparable. Inclusive llegó a merecer la admiración de los letrados de mayor edad y maestría. Bastante orgulloso de sus dones y bien establecido, decidió que ya era el momento de casarse, así que se propuso encontrar una bella mujer. Sin embargo, durante mucho tiempo la buscó sin éxito entre las más famosas cortesanas casaderas.

Ante esta situación, decidió acudir en la capital a una intermediaria de asuntos de amor, una casamentera llamada Bao la Undécima[20], vieja sirvienta de la mujer del príncipe

17 Relato original de Jiang Fang escritor del siglo IX sobre todo conocido por su obra poética.
18 766-779.
19 Ciudad de la provincia de Gansu, en el centro sur de China.
20 Como veremos en muchos nombres a lo largo del libro, muchos personajes no tienen nombre de pila, pues era tradición entre las clases no pudientes el no poseer un nombre común, sólo el apellido y el orden dentro de la familia. Esta tradición seguiría en China hasta entrado el siglo XX.

consorte, que había logrado su permiso para casarse hacía diez años. Poseía un carácter afable y era especialmente lenguaraz, frecuentaba todas las grandes familias donde era recibida como una gran experta en asuntos galantes pues había concertado varias docenas de felices matrimonios y su fama le precedía.

Li era una persona inteligente, y siempre había mantenido buenas relaciones con Bao, le hacía regalos a menudo y le invitaba a comer de vez en cuando. Así que cuando le pidió sus servicios, Bao se mostró muy dispuesta a ofrecerle lo mejor de su experiencia y en seguida se puso manos a la obra.

Algunos meses después, mientras Li descansaba en el pabellón sur de su casa, escuchó repentinamente que llamaban a la puerta con golpes precipitados. Se le anunció la visita de Bao la Undécima y, levantando los bajos de su túnica, corrió a su encuentro con ansias:

—Señora Bao: ¡Qué dicha más extraordinaria! Se presenta así de sorpresa en mi casa. ¿Qué le trae por aquí?

—Querido amigo, no diga que no esperaba mi vista, ¿creía que me había olvidado de usted?— le dijo ella entre risas —. He conocido a lo más parecido a un hada exiliada en la tierra. Ella es prudente, distinguida y no se preocupa por las riquezas, pues no admira otra cosa que la elegancia y la cortesía en un hombre. Una belleza así parece hecha únicamente para usted.

Ante esta novedad, arrebatado por la alegría, Li se sintió levitar en el cielo. Tomando de la mano a la intermediaria, le hizo una profunda reverencia:

—¡Mi querida Bao, seré su esclavo hasta mi último suspiro! ¡Gracias y mil gracias!

Bao reía divertida al ver la reacción de Li. Este, después de tomar un té, le preguntó dónde vivía aquella belleza y cuál era su nombre.

—Verá, es la hija menor del príncipe Huo, y se llama Jade — respondió Bao —. Su padre la adora y es su ojito derecho, en cuanto a su madre, se llama Jing Chi y era la concubina favorita del príncipe. Al fallecer el príncipe, sus hermanos no quisieron conservarla a su lado, porque su madre era de baja condición, así que les rogaron a ambas que se fueran de casa, le entregaron una parte de la herencia y le pidieron que fueran a alojarse a otra parte. Entonces ella tomó el nombre de Zhang, de tal modo nadie sabe que se trata de la hija del príncipe. Debéis creerme, ¡jamás he visto una belleza tan perfecta! La elevación de sus sentimientos y la gracia de su persona impiden cualquier comparación. Y no sólo eso, es una verdadera artista, la música, la poesía y la caligrafía no guardan ningún secreto para ella. Ayer mismo, me pidió que buscara a un joven que fuese digna de ella. Le hablé de usted y se mostró entusiasmada, su nombre le era bien conocido y se mostró muy contenta. Su residencia se encuentra en una callejuela del Viejo Templo del barrio de Shengye, por la puerta que corresponde a la entrada de los palanquines. Sabiendo que sería de su agrado, fijé una cita para mañana a mediodía. Cuando llegue al fondo de la callejuela, usted sólo tiene que buscar a su sirvienta, que se llama Guizi, quien le conducirá hasta el interior de la casa.

En cuanto la señora Bao hubo terminado el té, y tras las debidas formalidades, se marchó y Li comenzó sus preparativos. Envió a un criado llamado Qiuhong a pedir prestado un caballo negro con arneses dorados en casa de su primo Shang, que era consejero militar en la capital. Esa noche hizo limpiar sus mejores ropas, tomó un baño y se arregló el cabello con aceites y perfumes. La mezcla de emoción y alegría lo mantuvo despierto toda la noche. Al salir el sol se puso un sombrero y se miró detenidamente en el espejo temiendo en todo momento que le fallase algún detalle de su inmaculada presentación. Así ocupó el tiempo hasta el mediodía. Entonces montó en su cabalgadura y se dirigió directamente hacia el barrio de Shengye. En el lugar fijado lo esperaba una sirvienta:

—¿Es usted el señor Li?

— Así es.

Desmontó e hizo atar su caballo en la saliente del techo del portal y entró, cerrando precipitadamente la puerta detrás de él. En el patio interior pudo ver a Bao, que salió de la casa, haciéndole señas de lejos:

—¿Quién es el intruso que acaba de forzar la puerta?

La broma de Bao relajó a Li, que sonreía como un niño el día de su cumpleaños. Sin dejar de bromear, entraron por una puerta interior a otro patio donde había cuatro cerezos y una jaula dorada con un loro suspendida en un saliente de piedra.

Al ver a Li, el loro se puso a gritar:

—Alguien viene: ¡Cerrad las cortinas!

De naturaleza tímida y reservada, además de desconfiado, Li se detuvo al escuchar el grito del loro, dudando si seguir adelante o no. Viendo esta cómica situación, la señora Bao fue a buscar a la madre de la joven, que bajó por la escalinata para desearle la bienvenida y lo invitó a sentarse frente a ella. La madre, de unos cuarenta años, conservaba una gran belleza, se veía aún muy encantadora y hablaba con mucha gracia.

—Hace mucho tiempo que escuchamos hablar de su talento como funcionario y escritor— le dijo al joven —. Ahora compruebo cómo su persona es digna de tal fama.

—Me halaga señora—. Contestó Li.

—Me alegro, joven. Verá, tengo una hija que a pesar de su poca educación no resulta nada despreciable. Me atrevo a sugerir que puede gustarle y convenirle para su brillante futuro. La señora Bao me habló de usted y yo sería feliz de ofrecerle su mano en matrimonio.

—No soy más que un joven pueblerino que se ha hecho a sí mismo— respondió el joven —y me siento halagado de que usted me reciba con tan buena voluntad. Si usted me acepta como yerno me concedería un alto honor que duraría toda mi vida.

Aquella respuesta humilde y cordial satisfizo a la madre. Justo se encontraban preparando un pequeño banquete cuando llamó a Jade.

La joven salió de la habitación del este y Li se incorporó súbitamente y fue a inclinarse delante de ella. Al verla entrar, a Li le pareció que toda la sala se transformaba en una inmensa lluvia de rosas. Cuando sus miradas se encontraron quedó encandilado por la belleza arrebatadora de la joven. Jade se sentó al lado de su madre, que le dijo:

—Siempre te han gustado estos versos— Y continuó declamando:

A través de los bambúes,
pasa agitando la cortina el viento.
¿Mi buen amigo volverá otra vez?

—¡Pues bien, aquí está el autor de ese poema! Tú, que tan seguido pasas el día entero leyendo sus obras, ¿qué piensas de él, ahora que lo tienes aquí?

Jade sonrió levemente y bajando la cabeza dijo con voz queda:

—Verlo vale tanto como escucharlo; toda la belleza cabe en un poeta de genio.

Li se levantó e hizo varias reverencias:

—La señorita ama el talento y yo amo la belleza. Nuestras cualidades serían variadas y se complementarían.

Jade y su madre intercambiaron un gesto cómplice. Brindaron con vino varias veces. Luego Li, pecando tal vez de indiscreto, se incorporó para pedir a la joven que cantase. Al comienzo ella quiso negarse, pero finalmente, cediendo a la insistencia de su madre, se puso a entonar con voz delicada una melodía maravillosa. Hacia el fin del almuerzo, lo estaban pasando tan bien que casi se les hizo de noche. La casamentera condujo al joven a descansar en un apartamento del oeste, donde el patio era bien tranquilo y las habitaciones muy agradables con magníficos cortinados. Ella ordenó a las sirvientas Guizi y Wansha que le quitasen los zapatos y el cinturón para que estuviese más cómodo.

Li, algo mareado por el vino, tardó poco en quedarse dormido. Al poco tiempo, escuchó un leve golpe en la puerta y dudando, pues no sabía si estaba soñando o no, se incorporó. Abrió la puerta y allí estaba la bella Jade, que se había escapado para estar con él.

Aquella noche la pasaron juntos y Li sintió que no había nada más tierno que las palabras de aquella joven que con gracia y soltura se desvestía ante él. Con las cortinas bajas disfrutaron de su propia intimidad. Él tenía la impresión de compartir el lecho con una divinidad. Al pasar la medianoche, de repente Jade se puso a llorar, y mirándolo fijamente le dijo:

—No soy más que una cortesana y me considero indigna de estar en su compañía.

—Pero, ¿por qué dice eso?— Dijo Li, extrañado.

—Ahora somos felices, pero usted mismo me dijo que amaba la belleza y mucho me temo que cuando pase el tiempo y mi rostro envejezca no quiera saber nada de mí.

Entonces seré como una enredadera sin un muro en el que apoyarse, como un abanico al viento. En el momento de la intensa alegría de ahora, ya presiento la tristeza del futuro.

Muy emocionado, Li pasó su brazo bajo la nuca de la bella y le dijo suavemente al oído:

—No diga eso, estoy viviendo el sueño de mi vida. Prefiero morir a renunciar a usted. Le diré lo que vamos a hacer, deme una pieza de seda blanca para que escriba con mi mano mi promesa, bajo palabra de honor, de nunca abandonarla. ¿Qué le parece?

Reteniendo sus lágrimas, Jade ordenó a la criada Yingtao levantar el cortinado y traer algo de leña para el fuego de la chimenea. Para llenar los momentos de ocio, además de la música, Jade adoraba la lectura de poesías así que tenía siempre a mano los utensilios de escribir, pinceles y barras de tinta, todo proveniente de la familia real, así que le dio a Li un pincel y tinta. Entonces ella cogió un bolso bordado y de allí sacó una pieza de seda blanca de tres pies de largo, ofreciéndosela a su amante para que pudiese escribir a su gusto.

Li poseía un gran talento de improvisador; una vez que tomaba el pincel escribía de un solo tirón. Con gran destreza, juró fidelidad eterna como las montañas a los ríos, y sus palabras tenían tal ardor y sinceridad que iban directamente al corazón. Cuando terminó de escribir, le entregó la pieza de seda a Jade, pidiéndole que la guardara en su cofre de joyas.

Desde entonces vivieron día y noche siempre juntos durante dos años, felices como un par de palomas que surcan juntas el cielo. En la primavera siguiente, ya que había aprobado el examen oficial, Li fue nombrado Secretario General del distrito de Zheng. En la cuarta luna, antes de partir a su nuevo puesto en Huazhou[21] decidió visitar a sus padres en Luoyang, así que invitó a sus amigos y conocidos de la capital a una fiesta de despedida. Por aquel entonces el invierno ya había pasado y la primavera comenzaba a abrirse paso. Al terminar la fiesta y cuando ya se habían retirado todos los invitados, Li pudo observar cómo Jade estaba abrumada por la tristeza. Así que le preguntó:

—¿Qué te pasa mi amor? ¿Es porque tengo que partir de viaje? Voy a ver a mis padres antes de recibir el ascenso, nada más.

—No es sólo eso— contestó —. Es que sé que con tu talento y siendo una celebridad, seguro que vas a contar con muchas admiradoras que buscarán la mejor forma de acabar en tu cama. Como tus padres viven solos y les falta una nuera para cuidar la casa, seguro que antes de que vuelvas te obligarán a casarte con un buen partido de Luoyang, así te quedarás con ellos. El juramento que me has hecho no será sino un vulgar trozo de tela que se lleva el viento.

Li se sintió sorprendido:

—¿En qué te he ofendido para que me digas tales cosas?

21 Provincia de Cantón. Al sur de China.

—Yo sé lo que me digo. Tan sólo quiero pedirte una cosa.

—Dime, te escucho, formula tus deseos, que serán órdenes para mi.

—Apenas tengo dieciocho años y tú aún no has cumplido veintidós. Te faltan ocho años para llegar a los treinta, que para un hombre es la edad de casarse. Acuérdate entonces que ese es el tiempo que tengo para poder acumular la alegría y el amor que dure toda mi vida. Después tendrás tiempo para escoger como esposa a una señorita de familia distinguida. Entonces yo me retiraré del mundo con los cabellos cortados y el vestido de monja. Es esto lo que deseo y no pido nada más.

Li no pudo retener las lágrimas de la vergüenza y la emoción:

—He jurado al Cielo que te permaneceré fiel hasta la muerte. Si aun pasando mi vida entera contigo no podré colmar mis deseos, ¿cómo puedo tener otra idea en la cabeza? Te suplico que tengas confianza en mí. Tú sólo tienes que esperarme aquí. Dentro de ocho meses volveré a Huazhou y enviaré a alguien para buscarte. Volveremos a estar reunidos dentro de muy poco.

Dando por zanjado el asunto, unos pocos días después se despidieron y Li partió hacia el este. Apenas transcurrieron diez días en su puesto cuando pidió licencia para ir a visitar a sus padres en Luoyang.

Una vez allí, Li descubrió que tal y como había predicho Jade, su madre le había concertado un casamiento con una hija de la familia Lu, de gran fama en Luoyang, y ya se habían puesto de acuerdo con sus padres. Como su madre fue siempre severa e intransigente, Li no se atrevió a decir nada y se limitó a aceptar aquel matrimonio para no deshonrar a sus padres. En ningún momento nombró a Jade o lo que había ocurrido durante los dos años anteriores. Poco después tuvo lugar la ceremonia de compromiso con la idea de celebrar al poco tiempo la boda.

Como la familia Lu era de las más poderosas de Luoyang, reclamó para la ceremonia nupcial[22] una dote de un millón de monedas de plata, condición sin la cual no podía realizarse el casamiento. Pero la familia del joven Li era humilde y su vástago acababa de acceder a su plaza, con lo que no tenían mucho dinero, así que tuvieron que pedir prestado a muchos conocidos.

Aprovechando el permiso que le habían dado en el trabajo, visitó a sus amigos más lejanos, viajando por los valles de los ríos Changjiang y Huai, en el transcurso del otoño. Sabiendo que había roto su promesa, retrasó lo más posible su vuelta, dejando a Jade sin noticias suyas esperando así que ella abandonase todas las esperanzas y se olvidara de él. A todo lugar donde llegaba pedía a sus amistades que no comentaran nada sobre su casamiento.

Ya había pasado con mucho la fecha fijada para su retorno. Jade intentó entonces, diversas veces y por distintos medios, obtener alguna noticia de su amado, pero las

22 En China los matrimonios concertados eran práctica habitual. Todavía hoy ocurre con relativa frecuencia. Se trata de un acuerdo entre familias en los que no existe ningún tipo de problema en tomarlo como una transacción puramente económica.

contestaciones fueron siempre vagas, distantes y cada día diferentes. Durante más de un año, ella preguntó a todos los oráculos y consultó a todas las adivinas. Después cayó en la angustia y la desesperación. Cada vez más enferma de melancolía, agotada, siempre acostada en su habitación solitaria, iba de mal en peor. A pesar del silencio del joven, el amor de Jade permanecía intacto. Hacía regalos a los amigos de Li para obtener alguna noticia de su amante. Persistiendo así en esa búsqueda, su dinero comenzó a agotarse, y a menudo debió enviar secretamente a su criada para malvender sus vestidos y el resto del ajuar al Mercado del Oeste, por medio de un vendedor llamado Hou Jingxian. Cierta vez ella confió a su sirvienta Wansha un alfiler para el pelo de amatista para sacar lo que pudiese en una casa de empeños. En el camino, la sirvienta se encontró con un viejo joyero que había trabajado en palacio y que al ver el alfiler pidió examinarlo de cerca y dijo:

—Este alfiler lo hice yo hace mucho tiempo, cuando la hija menor del príncipe Huo comenzó a caminar y el príncipe me encomendó cincelar este alfiler. Me pagó diez mil monedas por ello y por eso siempre me acuerdo. ¿Quién es usted y de dónde ha sacado esta joya?

—Mi ama es justamente la hija del príncipe Huo— contestó la sirvienta —. Ella se prometió con un indeseable y ahora nuestra casa está en plena decadencia. El hombre con quien se prometió se encuentra en Luoyang y no da señales de vida. Ya hace dos años que ella cayó enferma y no recibe ninguna noticia de su parte. Ahora mi dueña me mandó vender esto para contar con un dinero que le permita seguir buscando noticias de su prometido.

El joyero comenzó a verter lágrimas y dijo con voz triste:

—¿Es posible que una joven de tan alta nobleza haya caído en ese estado? ¡Me parte el corazón ser testigo a esta altura de mi vida de tal desgracia!

Entonces condujo a la criada a casa de la princesa Yanxian, quien muy emocionada por esta historia suspiró largamente y después entregó a la mujer mil doscientas monedas por el alfiler.

En ese momento, la prometida de Li se encontraba en la capital. Después de haber recogido la suma necesaria para su casamiento, Li volvió a su puesto del distrito de Zheng. En diciembre, en pleno invierno, pidió una extensión de su licencia para casarse en la capital. Allí se alojó de incógnito en un barrio tranquilo, cuidándose de no hacerse notar.

A todo esto había un joven estudiante, llamado Cui Yunming, que era primo de Li y hombre de buen corazón. En compañía de aquél había asistido a las fiestas en casa de Jade, charlando y riendo con ella en los mejores términos de amistad. Cada vez que tenía alguna noticia de Li, se la transmitía a Jade con toda sinceridad. La joven a menudo lo ayudaba con dinero y ropa, así que él le guardaba un gran agradecimiento.

Cuando Li volvió a la capital, Cui informó a Jade, que ofendida exclamó:

—¿Se habrá visto semejante infamia?

Entonces ella suplicó a todos sus amigos que hiciesen lo posible para que Li volviese a su lado.

Li era consciente de haber faltado a su juramento y sabía que Jade, enferma, languidecía en esa espera. Se sentía muy avergonzado como para volver a verla y su idea era evitar a toda costa ese encuentro. Para pasar desapercibido salía de su casa muy temprano y volvía muy tarde. Jade lloraba día y noche, sin comer ni dormir, pero todo era en vano. Dominada por la pena y la indignación, su enfermedad se agravó rápidamente. Como esta noticia se expandió por los mentideros de la ciudad, todos los jóvenes estudiantes quedaron impresionados por el amor incondicional de Jade y los hombres de buen corazón se mostraron indignados por la ingratitud de Li.

Llegó la tercera luna, y con ella la estación de los paseos primaverales. Con cinco o seis amigos, Li fue al templo de Chongqing para contemplar las peonías en flor. Mientras paseaban por la galería del oeste, le recitaba poemas a sus compañeros. Entre ellos se encontraba un íntimo amigo de Li, llamado Wei Xiaqing, que le dijo:

—¡Qué bella es la primavera en plena floración! ¡Pero nada de eso me hace olvidar en lo triste que debe ser para la pobre Jade, que sólo se alimenta de sus llantos en una habitación solitaria! ¡Pensar que usted la abandonó con tanta crueldad! No es esta la conducta de un hombre honesto ni de un caballero. ¡Piense en ello!

Mientras Wei, cada vez más enfurecido, hacía estos reproches a Li, apareció un joven gallardo, vestido con una túnica de seda amarilla, armado con arco y carcaj[23]. Lucía soberbio, magníficamente vestido, pero como séquito sólo traía a un pequeño muchacho tártaro con la cabeza rapada. Como caminaba detrás del grupo de jóvenes, escuchó parte de la conversación. Súbitamente se adelantó a Li y lo saludó:

—¿Usted es el señor Li, el inminente letrado?

—Así es, y usted, ¿le conozco?

—Verá, mi familia es de Shandong y pertenecemos a la familia real. Aunque carezco de talento literario, admiro esta cualidad en los otros. ¡Siempre he sido uno de sus fervientes admiradores y abrigué la esperanza de que algún día iba a conocerle! ¡Me siento tan feliz de encontrarlo hoy! Mi humilde hogar no está lejos de aquí, y cuento con algunos músicos para divertirlo. Además tengo ocho o diez jóvenes concubinas y una docena de excelentes caballos: todo queda a su disposición. ¡Me honraría que fuera mi invitado!

Estas palabras encantaron a los compañeros de Li, que le urgieron a aceptar la invitación. Saltaron en sus cabalgaduras y se pusieron a seguir al joven gallardo, que los condujo galantemente. Después de cabalgar durante un buen rato, los llevó hasta el barrio de Shengye. Al comprobar que se encontraba muy cerca de la casa de Jade, Li trató de evitar el pasar por allí con un pretexto cualquiera y se aprestaba a volver sobre sus pasos, cuando el joven gallardo le dijo:

23 Portaflechas.

—¿Por qué se retira? Mi casa está aquí al lado, ya casi hemos llegado. —Y tomando la brida del caballo, obligó a Li a marchar a su lado.

Al pasar por delante de la casa de Jade, Li comenzó a ponerse más y más nervioso. Sin apenas tiempo para reaccionar, la puerta principal se abrió y dos sirvientes agarraron la brida de su caballo. El joven anfitrión se abalanzó sobre él y juntos lo obligaron a entrar. Se cerró el portón detrás de ellos, quedando el resto de acompañantes en la vía.

Una vez dentro, alguien anunció en voz alta:

—¡Aquí está el joven señor Li!

Las exclamaciones de sorpresa partieron de todas partes y un delirio de alegría pareció extenderse por toda la casa. La noche anterior, Jade había soñado que Li era traído por un hombre de túnica amarilla que le había hecho quitarse los zapatos. Al despertar contó su sueño a su madre, a quien ella misma dio esta explicación:

—Los zapatos simbolizan la unión; esto quiere decir que aún volveré a ver a mi amado. Pero descalzarse significa separación. Nosotros nos uniremos y después nos separaremos para siempre. De acuerdo a este sueño, lo veré una vez más y después moriré.

Aquella mañana Jade le pidió a su madre que la peinase. Su madre, creyendo que deliraba, en un principio no le prestó atención, pero Jade insistió tanto que cumplió con su deseo. Apenas terminó de arreglarse el peinado escuchó aquella voz anunciando la llegada de Li.

Jade estaba enferma hacía tanto tiempo que sin ayuda le era imposible darse la vuelta en el lecho. Sin embargo esta vez, al escuchar el anuncio de la llegada de Li, se levantó muy lentamente y se cambió de vestido casi como si un espíritu hubiese tomado posesión de su cuerpo.

Cuando vio a su amante infiel, le clavó una mirada cargada de cólera y no dijo una sola palabra. Estaba tan debilitada que apenas lograba mantenerse en pie. Avergonzada, se tapó el rostro con su manga aunque no podía evitar mirar a su amado. Todos quedaron impresionados hasta derramar lágrimas por este gesto tan humano.

Algunos momentos después, trajeron vino en abundancia y prepararon a toda prisa una docena de platos. Todos trabajaban y preparaban el banquete muy extrañados, preguntándose quién había hecho venir a Li. Finalmente se supo que fue aquel joven gallardo quien lo introdujo forzosamente en la casa.

La mesa estaba lista y todos tomaron asiento. Jade, sentada en un costado, giró la cabeza para mirar largamente al joven Li. La situación resultaba realmente incómoda para todos los comensales. Li, muy avergonzado, se esforzaba en comer como si no fuera con él la cosa. Jade, cada vez más molesta al ver que su amante no le dirigía la palabra, miró pensativa una copa de vino de cristal. Después elevó la copa y en un brindis echó el vino al suelo, diciendo:

—Soy la más desgraciada de las mujeres y usted el más ingrato de los hombres. Voy a morir joven, lo sé, de desesperación y tristeza. Ya no estaré aquí para cuidar a mi vieja madre. De aquí en adelante diré adiós a la música y a los vestidos de seda. Hasta el infierno me perseguirá mi dolor. ¡Todo esto, señor, por su culpa! Pero no quedará así. Después de muerta me convertiré en un espíritu y jamás dejaré en paz ni a su esposa ni a sus concubinas. ¡Esa será mi maldición!

De inmediato, tomando con su mano la copa, la rompió contra la mesa y con uno de los cristales rotos se cortó el cuello, lanzó largos gritos de dolor y comenzó a desangrarse. La madre, desesperada, gritó y pidió ayuda, arrojándola a los brazos de Li.

—¡Haz que vuelva a la vida, por el Cielo!

Li, aunque intentaba tapar la herida, no pudo reanimarla, muriendo Jade en sus brazos.

Todos los criados gritaron de horror y el cuerpo de Jade yació blanco e inerte con una expresión de enorme tristeza en su rostro.

Este hecho causó una honda impresión en Li, que estuvo de luto, llorando día y noche, abrumado de dolor. En sus sueños, justo en la víspera de los funerales, Jade se le apareció entre las cortinas, tan bella como fue en vida. Llevaba una falda de rojo granate, una túnica púrpura con una capa escarlata y verde. Se apoyaba contra una cortina, acariciando con sus dedos las abrazaderas bordadas. Miró a Li y le dijo: —Gracias por haberme acompañado hasta aquí. Me parece que aún le queda un resto de afecto hacia mí, lo que me hace arrancar, incluso entre las sombras, suspiros de remordimientos. Sin embargo recuerde mi promesa, porque tendrá que vivir todo el resto de su vida con mi maldición—. Después ella desapareció entre las sombras.

Al día siguiente fue sepultada en el cementerio de Yusuyuan, fuera de la capital. Tras llorar sobre su tumba, Li retornó a la capital donde tendría todo el viaje de vuelta para recomponerse. Al mes siguiente, según lo acordado, se casó con su prometida, la dama Lu. Pero a causa de toda la tragedia que acababa de vivir, le impondría una existencia llena de amargura.

Dicen que los primeros meses de casamiento son los más felices. No fue el caso del matrimonio de Li, que siempre estaba susceptible y guardaba un rencor fuera de lo común hacia su nueva esposa. La dama Lu estaba desconcertada, pues deseaba ese matrimonio y no sabía lo que estaba sucediendo.

A la quinta luna de ese verano, Li, en compañía de su esposa volvió a su puesto en el distrito de Zheng. Diez días después de su llegada, mientras estaba acostado con su mujer, escuchó un ruido inusual más allá del mosquitero. Miró sorprendido y vio escondido detrás de la cortina a un joven apuesto que miraba fijamente a su mujer con lascivia y deseo. Vivamente alarmado saltó de la cama y se lanzó a por aquel intruso, dio varias vueltas alrededor de la alcoba pero no encontró a nadie.

Esta desagradable experiencia causó en él una gran impresión. Desde entonces se mostró desconfiado y celoso por cualquier cosa y la vida matrimonial se le hizo un infierno. Sólo se calmaba cuando sus amigos intercedían por él y trataban de reconciliarle con su esposa.

Diez días después, al entrar en la casa, vio a su mujer que tocaba el laúd sobre la cama. La observaba con cierta ternura cuando, de repente, lanzado desde el exterior a través de la ventana, cayó sobre el regazo de su mujer una cajita de una pulgada de diámetro, hecha de marfil y cerrada con los lazos elegantes. Li se abalanzó sobre la caja y la abrió con fiereza. Dentro de ella, encontró dos granos de arroz, afrodisíacos y un papel escrito con sortilegios de naturaleza amorosa. Furioso y aullando como una fiera, tomó el laúd y lo rompió contra la pared, amenazando con golpear a su mujer para que confesase la verdad. Pero ella no supo cómo justificarse ya que no tenía idea alguna de lo que acababa de suceder. Después de esto, comenzó a tratarla con toda crueldad, hasta que finalmente la denunció en el tribunal por adúltera, la repudió y la devolvió a sus padres.

El divorcio no calmó a Li, que la tomó con sus criadas y concubinas. Casi nunca llamaba a sus sirvientas pues no quería tenerlas cerca. En cuanto a sus concubinas, comenzó a sospechar de todas, amenazando con repudiarlas a todas por puros celos y ahorcarlas a la menor sospecha de infidelidad[24].

Con la firme voluntad de reconducir su vida, un día hizo un viaje a Yangzhou y allí se procuró una famosa cortesana

---

24 Desgraciadamente era práctica habitual en la China imperial, donde el concubinato era a menudo sinónimo de esclavitud, pues el marido era el que decidía sobre la vida y la muerte de las mismas.

llamada Ying la Novena, cuya resplandeciente belleza le gustó mucho. Pero cuando estuvieron juntos, Li comenzó a hablarle de una concubina que hacía tiempo había amado, pero a quien el destino castigó con la muerte por haberle sido desleal. Todos los días le contaba la misma historia, para que ella se atemorizase y le fuese fiel.

No contento con eso, cada vez que abandonaba la casa, Li la encarcelaba bajo una bóveda cuya puerta se cerraba bajo llave. Al volver examinaba cuidadosamente los cierres antes de abrir la puerta. Otras veces llevaba un puñal bien afilado y lo exhibía ante sus concubinas mientras amenazaba:

—Es de buen acero, forjado expresamente para cortar el cuello de las zorras culpables.

Aquella actitud hizo que su vida fuese miserable y sombría, toda mujer que vivía con él se transformaba en sospechosa y ni las familias más endeudadas querían dejar a sus hijas a cargo de semejante bestia. Con todo, consiguió casarse otras tres veces, sin ser capaz de recuperar ni un ápice de la felicidad pasada, muriendo solo y abandonado por casi todos sus allegados. Jamás pudo olvidar la traición a Jade, que estaba presente noche y día en todos sus pensamientos.

EL GOBERNADOR DEL ESTADO DEL SUR[25]

Chunyu Fen, nativo de Shandong, era un hombre bien conocido en toda la región del río Changjiang. Gran bebedor, a menudo sus juergas terminaban en peleas, donde también mostraba sus dotes para la lucha. De él se decía que no cuidaba las apariencias y menos aún las formalidades de la vida social. Habiendo amasado una gran fortuna se rodeó de jóvenes, en su mayoría ociosos y aprovechados, que vivían a sus expensas. Tenía una gran capacidad militar, que le valió el puesto de Consejero Militar en el ejército de Huainan[26]. Pero un día, en visible estado de ebriedad, ofendió a su superior en la cadena de mando, que lo destituyó fulminantemente. Caído en desgracia, se terminó abandonando a la bebida y al libertinaje.

Su familia vivía a tres leguas al este de Yangzhou[27]. Al sur de la casa lucía orgulloso un gran árbol, un fresno de ramas gigantes y de espeso follaje, que esparcía su sombra sobre el terreno. Casi todos los días, Chunyu y sus compañeros de juergas tenían el hábito de emborracharse bajo ese árbol. En el noveno mes del año diez del período de Zhenyuan[28], debido al exceso de bebida, cayó gravemente enfermo. Dos de sus amigos, que ya estaban acostumbrados a sus

25 Historia original de Li Gongzuo (770-850), célebre escritor de cuentos.
26 Ciudad de la provincia de Anhui, al este de China.
27 Provincia de Jiangsu cuya capital en Nanjing.
28 Año 794.

excesos, lo llevaron en brazos hasta dentro de su casa, acostándolo en una pequeña habitación con una cama.

—¡Cada vez lleva peor la bebida, Chunyu! Duerma bien esta noche. Nosotros vamos a darle de comer a los caballos así que no se preocupe, no partiremos de aquí hasta que se ponga bien.

Con la baba caída y en lamentable estado, apoyó la cabeza en la almohada y cayó en un estado casi comatoso, medio inconsciente, durmiéndose casi al instante.

Al cabo de unas horas, con un terrible dolor de cabeza, entreabrió los ojos. No sabía a ciencia cierta qué hora podía ser, como tampoco tenía la certeza de si era de día o de noche. Fue en ese extraña duermevela cuando Chunyu vio frente a él a dos mensajeros vestidos con túnicas púrpuras, que se arrodillaron ceremoniosamente.

—Su Majestad, el Rey del Fresno, requiere de su presencia inmediatamente.

Chunyu, todavía mareado y con ganas de vomitar, se enderezó e hizo un cómico saludo militar. Sin saber cómo, se incorporó y bajó de su lecho. Se vistió lo mejor que pudo dadas las circunstancias y siguió a los dos mensajeros hasta la puerta. Allí vio una carroza verde, tirada por cuatro caballos y escoltada por siete u ocho servidores que le ayudaron a montar, pues tal era su penoso estado.

La comitiva se dirigió directamente hacia el viejo fresno, que abrió mágicamente sus raíces formando un túnel y allí se introdujeron. Chunyu se extrañó mucho de eso, pero no se atrevió a formular preguntas.

Salieron de aquel túnel en dirección a la luz, y de repente se encontró en un reino donde todo; las montañas, los ríos, las plantas, los caminos y hasta el clima, era absolutamente distinto al mundo de los humanos. Después de haber recorrido varios kilómetros llegaron hasta las murallas de la ciudad. Carruajes y transeúntes pasaban sin cesar por aquellos caminos. Los lacayos que escoltaban la carroza de Chunyu pedían paso con gran rudeza y los que estaban en la calzada se apresuraban a apartarse echándose a derecha e izquierda. Entraron finalmente a aquella gran ciudad, pasando por una puerta roja donde había un cartel con esta inscripción en letras doradas:

Gran Reino del Fresno

Los guardianes que cuidaban la puerta dejaron sus puestos para correr a recibirlo como un alto dignatario. Después apareció un caballero que anunció:
—Dado que Su Alteza real viene de tan lejos, Su Majestad ha dado la orden de conducirlo al Palacio Oriental para que tome el debido reposo.
Ceremoniosamente, el caballero volvió a montar a la cabeza del cortejo para señalarle el camino.
No tardaron en llegar frente a una escalinata coronada por una gran puerta. Chunyu descendió de la carroza y entró. Allá en el interior pudo admirar columnas de mármol esculpidas, lámparas de oro y esculturas de jade tallado. En el patio filas de árboles florecidos y cubiertos de frutas

extraordinariamente raras embellecían aquel paraje. Al llegar al salón la fastuosidad no desmerecía a lo visto antes: veladores, almohadones, ricos tapices y biombos adornaban una gran mesa donde ya estaba servido un festín. Chunyu se sintió encantado de todo lo que veía aunque no entendía el porqué de ese recibimiento. Después anunciaron la llegada del canciller y Chunyu se levantó para recibirlo con todo respeto. Un hombre vestido de púrpura con un cetro de marfil en la mano, se le acercó e hicieron los saludos pertinentes entre huésped y anfitrión. El canciller le dijo:

—Aunque nuestro país está muy lejos del suyo, nuestro rey le invitó a venir aquí con la esperanza de aliarse con usted mediante un matrimonio y así afianzar la amistad de ambos mundos.

—¿Cómo puede atreverse un humilde servidor como yo a aspirar a un honor tan alto?— respondió Chunyu, que todavía olía a alcohol.

El canciller sonrió complacido y le rogó que lo acompañase hasta su palacio. A cien metros entraron por una puerta roja. Soldados armados con lanzas, alabardas y hachas franqueaban los pasillos, y centenares de oficiales se apartaban para dejar libre el camino. En sus filas, Chunyu pudo reconocer a Zhou Bian, amigo de juergas que era conocido por emborracharse aún más que él. Chunyu se alegró enormemente de verlo allí, y albergaba la esperanza de que le explicara lo que estaba sucediendo, sin embargo, dada la formalidad de aquel encuentro no se atrevió a dirigirle la palabra.

Después el canciller le hizo subir la escalinata que llevaba al gran salón, solemnemente rodeado de guardias como la plaza de armas imperial. Allí vio a un hombre de maciza solidez, majestuosamente sentado en el trono, vestido de seda blanca y coronado con una diadema escarlata. Supuso que debía tratarse del rey y Chunyu, intimidado y tembloroso, no se atrevía a mirarlo de frente. Por la advertencia de los cortesanos alineados a su lado, se arrodilló. El rey le dijo:

—Bienvenido seáis a nuestro reino. Hacía ya tiempo que os estábamos esperando. A petición de vuestro padre, que concedió este honor a nuestra familia imperial, hemos decidido darle en matrimonio la mano de nuestra segunda hija, de nombre Yaofang. Esperamos que esté a la altura de su excelencia.

Chunyu permaneció con la cabeza inclinada, pues no se atrevía a decir nada, por si acaso se diesen cuenta de que él no era más que un borracho vividor. Aún así el rey concluyó:

—Tenga la bondad de volver a las estancias de los huéspedes reales y esperar a la ceremonia de boda.

Mientras el canciller lo acompañaba a las estancias, se puso a reflexionar seriamente y cayó en la cuenta de que su padre, que era general de frontera, había desaparecido en un encuentro con el enemigo sin dar señales de vida. Chunyu sabía que su padre estaba en buenos términos con el Reino del Norte, y pensó que bien pudo arreglar este matrimonio antes de desaparecer. Pero, ¿era este el Reino del Norte? ¿Sería ese el regalo de su padre, cuya fortuna se estaba dilapidando a base de fiestas y derroches alcohólicos? De cualquier modo, seguía sin encontrar una respuesta a aquella locura y era incapaz de explicar todo lo que estaba sucediendo.

Con gran pompa esa noche le ofrecieron, a modo de regalo nupcial, corderos y ocas salvajes, joyas y seda. Músicos con instrumentos de cuerdas y de bambú, mesas servidas iluminadas con candelabros y faroles, afluencia de carrozas y caballeros, espléndidos regalos de boda, nada faltaba en la ceremonia. Entre las damas de honor escuchó nombrar a las Ninfas de las Montañas Floridas, y a las Ninfas del Río, así como también a las hadas de los Reinos Altos y de los Reinos Bajos. El cortejo comprendía millares de doncellas portadoras de sombreros con forma de fénix verde, vestidas con telas doradas, joyas de oro y piedras preciosas que deslumbraban la vista.

Varias decenas de cortesanas observaban a Chunyu con interés y le seguían asomadas tras las puertas. Algunas retozaban con lascivia, bromeando con el futuro novio sin cesar, con tanto encanto, gracia y agudeza de espíritu que él no sabía cómo replicarles.

—En la última primavera, en la fiesta de Purificación— decía una de esas doncellas —fui con la señora Lingzhi al templo para ver ejecutar a la gran bailarina Youyan la danza brahmana en el Patio Hindú. Estaba sentada con otras muchachas en un banco de piedra bajo la ventana del norte,

74

cuando vimos a sus jóvenes amigos y a usted llegar y saltar de los caballos para ver el baile.

Chunyu asentía pero no sabía lo que aquella doncella estaba hablando.

—Recuerdo que usted— continuó la muchacha —fue lo suficientemente atrevido para abordarnos sin el menor embarazo, riendo y bromeando con nosotras. ¿Recuerda cómo mi hermana y yo atamos un pañuelo en la punta de un bambú? Y después le acompañé al monasterio de Xiaogan para escuchar los sutras sagrados. Finalizado su discurso le obsequié dos alfileres de oro en forma de fénix, y por su parte Shang Zhenzi le entregó una caja de marfil. ¿Se acuerda?

—Claro que sí, ¿cómo no me voy a acordar?— respondió mecánicamente Chunyu, pero seguía sin entender nada.

—Usted tomó los alfileres y la caja para observarlos de cerca. Después de haber admirado largamente su artesanía, usted se volvió hacia nosotras y nos dijo: *Estas bellísimas cosas y sus propietarias no pueden pertenecer al mundo humano.* Después usted me pidió mi nombre y dónde encontrarme, pero yo no le quise contestar. ¡Qué gesto galante tenía usted mientras me clavaba la mirada! ¿No recuerda usted? Me siguió hasta mis estancias y allí pasamos una noche inolvidable.

Chunyu sonrió y le respondió con algunos versos de una canción que conocía:

En el fondo del corazón la guardo

75

jamás, por siempre jamás la olvidaré.

Las doncellas, juguetonas y satisfechas con la respuesta, exclamaron:

—¿Quién hubiese pensado entonces que usted entraría en nuestra familia?

Justo en ese momento llegaron tres hombres lujosamente vestidos que se acercaron y después de saludarlo anunciaron:

—Por orden de Su Majestad somos los servidores de honor de Su Alteza.

Chunyu conocía a uno de ellos, con el que había compartido algunos vinos en más de una ocasión:

—¿Tú no eres Tian Zihua de Fengyi?— le preguntó Chunyu. Y cuando el otro le respondió afirmativamente, le estrechó la mano y habló un buen rato con él.

—¿Cómo es que estás aquí?— le preguntó.

—Pues estaba caminando de vuelta a casa después de estar toda la noche en la taberna— respondió Tian —y se presentó un tal señor Duan, que es el canciller de Wucheng, me invitó a su palacio y por eso aún me encuentro bajo su techo.

—Pero, ¿así de repente?

—Así me pasó.

—¿Y sabías que Zhou Bian se encuentra también aquí? ¡El muy zorro!— preguntó Chunyu.

—Zhou es ahora un gran personaje. Es el comandante de la ciudad y goza de un gran prestigio militar— dijo Tian —. A menudo me lo encuentro y de hecho estoy bajo su protección.

A Chunyu le relajó encontrarse con aquella cara conocida, charlaron y contaron anécdotas de pasadas aventuras hasta que un hombre anunció:

—El yerno real puede entrar para la ceremonia.

Mientras los tres servidores de honor le presentaron sus espadas y le ayudaban a arreglar el peinado, sus pendientes y su traje, Tian le dijo:

—Jamás pensé que te asistiría en una ceremonia tan importante. ¡Ojalá no te olvides de tus amigos!

Docenas de hermosas damas comenzaron a tocar una extraña y melódica música, con notas tan melancólicas como nunca antes se habían oído en el mundo humano. Decenas de lacayos portando linternas rojas encabezaron el cortejo. De un extremo al otro, el camino estaba decorado a ambos lados por letreros de oro y esmeraldas, brillando resplandecientes entre delicadas esculturas. Sentado en su carroza, Chunyu estaba intranquilo, se sentía un impostor y tenía el presentimiento de que aquello iba a terminar mal. Su amigo Tian bromeaba para distraerlo y relajarlo un poco. Las doncellas con quienes terminaba de charlar circulaban cada una en una carroza de alas de fénix, mirando con una mezcla de interés y deseo a Chunyu. Cuando llegó frente a la puerta del Palacio, las cortesanas lo esperaban en gran número y le invitaron a descender de su carruaje.

La ceremonia transcurrió como en el mundo humano. Cuando corrieron el cortinado y levantaron el gran abanico de pluma, pudo finalmente ver a su prometida, que era conocida como la princesa de la Rama de Oro. Bella como una diosa, contaba aproximadamente con dieciséis años y sonreía a su prometido con los ojos llenos de amor. La ceremonia prosiguió de la manera establecida y pronto se produjo el casamiento.

Después de la boda, Chunyu y la princesa se enamoraron el uno del otro y gozaron de su compañía, amándose más y más cada día. La gloria y el prestigio del joven creció con el tiempo. La magnificencia de su excesivo tren de vida también iba en aumento; sus festines y recepciones sólo podían compararse a los del rey.

Un día, el regente lo invitó a tomar parte con sus oficiales y guardias en una gran cacería en el oeste del reino, en la llamada Montaña de la Tortuga. Allá se levantaban los picos sublimes de los montes en medio de inmensos terrenos pantanosos y frondosos bosques donde pululaban pájaros y bestias salvajes. Cuando caía el sol, los cazadores retornaron con las piezas de una afortunada cacería.

Chunyu, en visible estado jovial y algo ebrio, le dijo al rey:

—¿Le puedo preguntar una cosa, majestad?

—Por supuesto, hijo mío.

—El día de mi casamiento, Su Majestad me dijo que con ello cumplía los deseos de mi padre. Pues bien, cuando mi padre era general de frontera, desapareció después de una derrota en un país extranjero y hace unos dieciocho años que no hemos tenido noticias de él. Puesto que Su Majestad sabe dónde encontrarlo, me gustaría preguntarle dónde está, pues quiero ir a verlo.

—Por supuesto, lo entiendo perfectamente. Su padre sirve desde hace años en la frontera del norte, donde sigue defendiendo al reino— replicó vivamente el rey —, de hecho me escribe a menudo. Lo que usted debe hacer es mandarle una carta. No es necesario que vaya usted en persona.

Chunyu, muy agradecido por este magnánimo gesto del rey, escribió un mensaje para que le fuera enviado a su padre. El rey, a su vez, ordenó a la princesa que preparase regalos para el padre de Chunyu y que se los enviara junto con el mensaje.

Pasaron algunos días hasta que llegó la respuesta, en la que Chunyu pudo comprobar que, efectivamente, estaba escrita de puño y letra por su padre. En la carta expresaba sus preocupaciones por el transcurso de los acontecimientos y le daba consejos a su hijo sobre cómo ser juicioso y razonablemente justo con sus súbditos. También le pedía noticias de sus parientes y amigos, y le rogaba que le informase sobre lo que sucedía en su reino natal. Terminaba la carta diciendo lo siguiente:

Estamos tan alejados el uno del otro,
que toda comunicación parece imposible
por los obstáculos naturales.
Te ruego que no vengas a visitarme, hijo mío,

pues este mundo está lleno de peligros
y temo que te ataquen por el camino.
Pero no te preocupes por mí, te lo ruego,
pues me aventuro a pronosticar
que en tres años nos volveremos a ver.

La carta estaba escrita en un tono melancólico. Chunyu se puso a llorar tristemente con el papel en la mano, incapaz de contener su emoción. Pero tal y como le había sugerido su padre, no fue a buscarle.

Transcurrido un tiempo, la vida de Chunyu se sucedía sin más dilación entre banquetes y fiestas que parecían no tener fin. Un día la princesa le preguntó:

—Amor mío, ¿por qué no ocupas un puesto oficial? ¿No te aburres con tantas fiestas y banquetes todo el día?

—Siempre he llevado este tipo de vida y no tengo ni idea de los asuntos de Estado.

—Pero podrías intentarlo, el reino cuenta contigo para que seas su guía— insistió la princesa —yo te ayudaré, además tenemos cientos de consejeros que también te podrán asistir.

—¿Tú crees, amor mío, que estaré a la altura?

—Por supuesto que lo estarás, y si no, simplemente escucha los consejos de los sabios. No te preocupes, hablaré con el rey.

Aunque Chunyu tenía dudas sobre sus propias capacidades, finalmente accedió, así que la princesa le pidió a su padre que le ofreciera un cargo de responsabilidad. Tan sólo unos días después el rey resolvió:

—En mi Estado del Sur nada marcha bien y el gobernador acaba de ser destituido de sus funciones. Yo quisiera servirme de su talento para poner orden y que vuelva a prosperar. Vaya allí con mi hija y haga un buen trabajo.

Tras aceptar Chunyu el encargo, la princesa ordenó preparar el equipaje consistente en oro, jade, seda bordada, cofres, maletas y más maletas, sirvientas y lacayos. Carrozas y caballos formaban una larga fila el día de la partida de Chunyu, que con la clase de vida que siempre había llevado de juerga en juerga, jamás se habría imaginado desempeñar un cargo tan alto y casarse con una dama tan excepcional como la princesa Yaofang. Como agradecimiento, escribió esta nota al rey:

Aunque vengo de una familia de militares,
jamás aprendí el arte de gobernar.
Ahora, con la responsabilidad de un puesto tan importante,
temo no solamente faltar a mi deber,
sino también desprestigiar el buen nombre de la corte
y de su magnífica familia.
Por eso quisiera buscar en la inmensidad del país
los hombres de sabiduría e inteligencia
que puedan aconsejarme.
He podido observar que un tal Zhou de Yingchuan,
comandante de la ciudad, es un oficial leal y honrado,
que siempre respeta la integridad de la ley,

he pensado que podría convertirse en mi brazo derecho
para bien de todos. También me gustaría contar con Tian
Zihua, de Fengyi, que no posee ningún cargo oficial ni
labor reconocida, pero que posee gran clarividencia
y habilidad, siendo muy entendedor
en los principios de gobernar.
A estos dos hombres los conozco desde hace diez años,
y los considero dotados de talento y dignos de nuestra
confianza para los asuntos políticos.
Por estas razones quisiera pedir que Zhou
sea nombrado Ministro de Asuntos Militares,
y Tian Ministro de Finanzas de mi estado.
De tal modo espero que mi gestión de gobierno
dé resultados más que notables en lo concerniente
al perfecto mantenimiento de la ley.

El rey aceptó estas sugerencias y, aunque sólo conocía vagamente a Zhou, nombró a aquellos dos hombres para tales altos cargos.

—El Estado del Sur es nuestra provincia más importante— advirtió el rey —. Posee tierra fértil, población próspera y poderosa, no puede ser gobernada sino con una política de tolerancia, respeto y también mano firme. Con el tal Zhou y el tal Tian como colaboradores, espero que sea usted digno de la confianza del Reino.

Al mismo tiempo la reina, despidiéndose de su hija, aconsejaba a la princesa:

—Mi querida hija, tu marido es impetuoso y sabemos que es un gran bebedor que se encuentra en plena juventud. Una mujer debe mostrarse tierna y obediente pero ponle límites. Sírvelo y dale consejos cuando sea preciso, siempre con humildad y sabiduría. Actúa así y no tendré ninguna preocupación. Aunque el territorio del sur no se encuentre demasiado lejos no podrás venir a vernos con mucha frecuencia—. Dijo la reina con visible tristeza —¿Cómo evitar las lágrimas en el momento de la despedida?

Después Chunyu y la princesa se despidieron de los reyes; en carroza escoltada por la caballería, se dirigieron hacia el sur, ambos sonrientes y charlando durante el camino con toda alegría de quien espera un futuro prometedor. Pocos días después llegaron a destino.

Los magistrados y funcionarios de la provincia, monjes y sacerdotes, ancianos de la región, músicos, oficiales y guardianes se juntaron para darles la bienvenida. Una inmensa muchedumbre franqueaba el camino. El sonar de los tambores y campanas, y el rumor de la multitud dominaba muchos kilómetros a la redonda. Súbitamente, Chunyu vio elevarse delante de él las pagodas, las torres y los pabellones que anunciaban una ciudad próspera. A la entrada de la gran ciudad, sobre la puerta se leía en grandes caracteres dorados:

CAPITAL DEL ESTADO DEL SUR

Al llegar a su residencia pudo ver las ventanas pintadas de rojo y las puertas laqueadas que parecían alinearse en una perspectiva majestuosa. Una vez instalado, se informó de los usos y costumbres del estado y comenzó a ocuparse de los asuntos más urgentes; como la cantidad de enfermos y sin hogar que había dejado la última riada, cediendo a Zhou y Tian las riendas de los asuntos políticos y económicos. Esta mezcla de caracteres de los tres amigos hizo prosperar al estado del sur. Las plegarias de sus súbditos fueron atendidas y la riqueza iba en aumento, de tal modo que el orden reinó perfectamente en la zona.

En el transcurso de los veinte años de su gobierno, Chunyu impuso las buenas costumbres y el pueblo entero comentaba en los mentideros sus logros, incluso se edificaron templos en reconocimiento a las bondades de su gobernador. Al rey sólo le llegaban buenas noticias del sur, teniendo a su yerno en muy alta estima. Le concedió los más altos honores y títulos, llegando a nombrarlo Canciller. Al mismo tiempo Zhou y Tian se vieron honrados por su buena administración, y muchas veces fueron ascendidos a los más altos cargos.

Chunyu tuvo cinco hijos y dos hijas. Mientras los hijos fueron dotados de cargos oficiales reservados a la nobleza, sus hijas se casaron dentro de la familia real. Su gloria y su renombre brillaron entonces con un resplandor sin par.

Un año, el reino vecino atacó a la provincia, así que el rey ordenó a Chunyu reunir un gran ejército para defenderla. Chunyu nombró a Zhou al frente de una tropa de treinta mil hombres para resistir a los invasores frente a la ciudad de la Torre de Jade. Pero Zhou, demasiado temerario, subestimó las fuerzas del enemigo y atacó frontalmente, sin importarle las tácticas de su adversario. El resultado fue catastrófico, y la inmensa mayoría de su ejército fue derrotado, teniendo él mismo que huir prácticamente solo y sin escolta. Despojado de sus armas y refugiándose en la noche pudo volver a la capital de la provincia. Por su parte, los agresores recogieron el botín de armas y armaduras y volvieron vencedores a sus tierras. Chunyu, visiblemente decepcionado, no daba crédito a lo sucedido y estaba furioso por la negligencia de Zhou, así que lo hizo arrestar. De hecho, lo habría mandado decapitar si no fuera por la rápida intervención del rey, que los perdonó a ambos por los buenos servicios que habían prestado en el pasado a la corona.

Al final de aquel mismo mes, Zhou moriría de una extraña enfermedad que fue detectada demasiado tarde. No transcurrieron ni diez días cuando la princesa también falleció de esa misma dolencia. En menos de dos meses, Chunyu había quedado desacreditado, derrotado en una batalla crucial y perdido a su más alto cargo militar y a su esposa de una manera fulminante.

Sumido en la más absoluta desesperación, pidió permiso para abandonar la provincia del sur y acompañar al cortejo fúnebre de su esposa hasta la capital. El rey consintió, y pidió a Tian, Ministro de Finanzas, que lo reemplazara como gobernador durante su ausencia. Abrumado por la pena, Chunyu siguió al cortejo de gran pompa. A lo largo del camino, hombres y mujeres vertían lágrimas, funcionarios y altas personalidades ofrecían sus últimos homenajes y el camino se veía repleto de una inmensa muchedumbre que apenas si dejaba avanzar la carroza fúnebre. Cuando llegaron al Reino del Fresno, el rey y la reina, con tristes vestidos blancos de duelo y llorando desesperadamente, lo esperaban a las afueras de la capital. La princesa fue honrada con el título póstumo de Princesa de Obediencia Ejemplar. Un cortejo compuesto de guardianes, músicos y portadores la condujeron hasta la Colina del Dragón, a diez li al este de la ciudad, y allí la sepultaron. En el mismo mes, Rongxin, hijo del difunto Ministro de Asuntos Militares Zhou, condujo también el ataúd de su padre a la capital.

Durante el tiempo que había pasado gobernando el Estado del Sur, Chunyu supo mejorar las relaciones con el reino central y se encontraba en buenos términos con toda la nobleza y los personajes importantes de la corte. Sin embargo, después de su vuelta a la capital, sin los consejos de su amigo Zhou y de su querida esposa, Chunyu no supo controlarse a sí mismo. Rodeándose de un gran número de amigos, en su mayoría ineptos e interesados aduladores, cada día se veía más poderoso y se hacía más sospechoso a ojos del rey.

Fue entonces cuando se le informó a este que un misterioso presagio anunciaba una gran catástrofe en el reino, que provocaría la transferencia de la capital y la destrucción del templo ancestral. La catástrofe sería provocada por una familia extranjera muy próxima a la familia real. Entonces se extendió el rumor en la corte de que la desgracia sería provocada por Chunyu a causa de su descontrolado tren de vida, excesos y arrogancia. La rumorología, que tanto le había ayudado a consolidar su poder en el reino ahora se volvía en su contra por no controlar las apariencias; se le veía borracho en numerosas ocasiones y yacía con numerosas damas, descuidando el buen gobierno y el buen juicio en sus decisiones.

Para poner fin a tanto desatino, el rey ordenó confinar a Chunyu en su palacio y se le prohibió todo contacto con el exterior. Estimando que en el transcurso de tantos años no había gobernado mal su provincia y que ahora era víctima de calumnias, Chunyu se encerró en sí mismo y cada vez estaba más hundido y melancólico. Advertido de ello, el rey le dijo:

—Usted es mi yerno desde hace más de veinte años; desgraciadamente mi hija ha muerto joven y no le ha podido acompañar hasta la vejez. ¡Es una gran desgracia y lo comprendemos!

Viendo aquella situación, la reina tomó a su cargo la educación de los hijos de Chunyu, y el rey le dijo:

—Hace mucho tiempo usted abandonó a sus parientes y es hora de que vaya a visitarlos. Deje a mis nietos aquí sin ningún temor por ellos. Tómese el tiempo que necesite y cuando vuelva le recibiremos con alegría.

—Pero esta es mi familia y llevo media vida aquí— replicó Chunyu —. ¿Qué parientes quiere que vaya a ver?

—Usted ha venido del mundo humano— le dijo el rey con una sonrisa —. Su familia no está aquí.

Sintiendo aquellas palabras como un golpe bajo, Chunyu entró en un estado de furia que llegó a tal extremo que llegó a perder el conocimiento, perdiéndose durante un tiempo en una extraña duermevela. Finalmente, se despertó con el recuerdo de las ofensivas palabras que había recibido por parte del soberano y con lágrimas, le imploró volver al Estado del Sur. El rey perdió la paciencia y ordenó con una mirada a los hombres de Chunyu que era hora de partir. Asumiendo que aquella decisión no tenía vuelta atrás, se despidió con una profunda reverencia. Al irse pudo reconocer a los dos viejos mensajeros que hace años le llevaron al interior del reino, sólo que esta vez, lo escoltaban fuera de él.

Fuera de las puertas le esperaba un mísero carruaje sin ninguna escolta. Al verlo se le encogió el corazón de pena. Se montó en él y salió de la capital, recorriendo el mismo camino de vuelta que la primera vez que estuvo allí. Cuando les preguntó a los dos mensajeros cuándo llegarían a Yangzhou, estos sólo se dignaron a responder:

—Llegaremos pronto.

De repente, saliendo de entre las raíces del gran fresno, volvió a su pueblo, que conservaba las mismas callejuelas y casas de antes. Abrumado por la emoción vertió sus lágrimas y los dos mensajeros lo ayudaron a descender del carruaje.

A Chunyu le parecía que nada había cambiado, se encaminó a su antigua casa, cruzó la puerta, subió las escaleras y fue directo a su estancia. Sin embargo cuando llegó a esta, no pudo creer lo que vio. Su propio cuerpo yacía como inerte acostado en el lecho. Poseído por el terror y la histeria, no se atrevió a acercarse más, gritando de horror. Los dos mensajeros trataron de calmar sus gritos, llegando a golpearle en la cara para que se calmara y recuperara la compostura. Entonces despertó como de un largo sueño. Nadie estaba en la estancia, sólo él.

Al mirar por la ventana vio a sus dos sirvientes que barrían el patio y a sus dos amigos que se lavaban las manos en una pila. El sol poniente aún asomaba sobre la muralla del oeste, y un resto de vino todavía todavía adornaba el marco de la ventana; así comprendió que en el sueño de unas horas había vivido toda una vida.

Profundamente emocionado, no cesaba de sollozar, hasta que llamó a sus dos amigos para contarles su sueño. Vivamente sorprendidos, lo acompañaron para buscar el agujero que formaban las raíces del fresno. Chunyu lo encontró y dijo:

—Este es el lugar donde entré con la carroza en mi sueño.

Sus dos amigos pensaron que podía ser obra de hadas encantadas o espíritus de los árboles. Los criados fueron llamados y armados de hachas cortaron el tronco, rompiendo las ramas y raíces para buscar el agujero que

Chunyu aseguraba que había. Bien hundido en la tierra, encontraron una especie de foso bastante ancho, con algunas piedras de alguna edificación anterior que se asemejaban a las murallas de una ciudad. Entre aquellos montículos de tierra pululaba una marabunta de hormigas. En medio se encontraba una pequeña piedra de color escarlata, habitada por dos hormigas gigantes de cabeza roja y alas blancas. Decenas de gruesas hormigas montaban guardia alrededor de ellas y las otras no se atrevían a aproximarse. Así fue como reconoció al rey y la reina en la capital del Reino del Fresno. Y aún descubrieron otro agujero, subiendo la rama del sur, a unos cuantos metros de altura. En aquella rama se encontraba una colonia de hormigas hecha de tierra, con sus torrecillas, y eso era el Estado del Sur que había gobernado Chunyu en persona. Otro agujero en el suelo, que parecía de una profundidad fantástica, contenía un caparazón de tortuga ya podrido, del grosor de un caño de chimenea. La humedad de la lluvia había hecho crecer moho bien compacto que producían un claroscuro en todo el caparazón: esta era la Montaña de la Tortuga donde Chunyu había cazado con el rey. Descubrieron además un agujero en una vieja raíz tan sinuosa como un dragón. Allí se levantaba una pequeña loma, aproximadamente de un pie de altura; era la Colina del Dragón con el mausoleo de la princesa, que fue mujer de Chunyu.

Recordando el pasado, Chunyu se entristecía con cada descubrimiento, pues todo se revelaba igual a su sueño.

Prohibió a sus amigos que destruyeran más el fresno y ordenó que taparan de inmediato esos agujeros y que los dejaran como los encontraron. Esa noche se produjo una fuerte tormenta, y en la mañana, cuando acudió a mirar el agujero vio que todas las hormigas habían desaparecido. Esto confirmaba el augurio:

El reino será víctima de una catástrofe
que provocará la transferencia de la capital.

Recordó la guerra contra el reino vecino y rogó a sus dos amigos que buscaran sus huellas. Quinientos metros al este de la casa, cerca de la margen de un río seco desde hacía mucho tiempo, se elevaba un sándalo, tan bien cubierto por una arbustos salvajes que el sol no podía atravesar su follaje. Al costado del árbol se encontraba un pequeño agujero, donde se escondía una gran colonia de hormigas. ¿No sería ese el Reino enemigo?

Chunyu llegó a una conclusión: si el misterio de las hormigas nos resultaba insondable, ¿cómo podríamos comprender las vidas de los grandes animales que se esconden en las montañas y las selvas?

Un día, Chunyu fue a visitar a Zhou y Tian, compañeros de juerga de Chunyu, que habitaban en el distrito de Liuhe y no los había visto hacía diez días, pero no pudo verlos. Ordenó a uno de sus sirvientes que averiguara qué había pasado con ellos. Tras unas horas, el criado volvió y le contó que Zhou había muerto de una enfermedad repentina y Tian, presa de un misterioso mal, no podía dejar el lecho. Entonces Chunyu comprendió el vacío del sueño y la vanidad de la vida, se convirtió al taoísmo y renunció para siempre al vino y al libertinaje. Tres años después murió en su casa, a la edad de cuarenta y siete años.

En el octavo mes del año dieciocho del período de Zhenyuan, en el transcurso de un viaje de Suzhou a Luoyang, me detuve al borde del río Huai, donde por azar me encontré con Chunyu. Me contó su historia y fui a ver los vestigios de las hormigas en el lugar del hecho. Después de muchas verificaciones, finalmente me convencí de la autenticidad de esta historia que termino de escribir para aquéllos a quienes pueda interesar. Si existe algo de sobrenatural y de poco normal, los ambiciosos podrán sacar una lección. Que la gente honesta que lea esta historia de sueño no vea en ella una simple cadena de coincidencias, sino que aprendan a no dejarse dominar por el orgullo de su fama ni de su posición en el mundo. Pues como rezaba aquel dicho:

Llevado hasta las nubes,
Todopoderoso en el imperio;
pero el sabio se ríe de ello:
no son más que alborotadas hormigas y nada más.

LA HISTORIA DE LI WA[29]

En el periodo Tianbao[30], el gobernador de Changzhou[31], a su vez señor de Xingyang, era un hombre bien considerado y muy rico. A la edad de cincuenta años, en la cima de su carrera, cuidaba especialmente a su hijo de veinte, que se distinguía de los otros jóvenes por su gran talento literario, por el que se hizo merecedor de la admiración de sus compañeros. Su padre lo adoraba y esperaba mucho de él, ya que llevaba un tiempo preparándose los exámenes oficiales para acceder a una plaza de funcionario y estaba seguro que iba a aprobar sin problema. Cuando el señor de Xingyang se reunía con amigos, a menudo decía de su hijo:

—¡Es el mejor de la familia, es como un potro fuerte y veloz! ¡Su nombre será recordado durante muchas generaciones!

Al acercarse la fecha del examen provincial, el joven se preparó a partir a la capital. Su padre le dio la mejor ropa que tenía y un buen equipo para el viaje, junto con una gruesa suma de dinero para sus gastos.

—Con tu talento estoy seguro de que obtendrás la plaza en el primer intento— le dijo su padre —Ahora te entrego dinero suficiente para los gastos de dos años, no quiero que te falte de nada, incluso tienes un buen suplemento para

---

29 Basado en el original de Bai Xingjian (776-826), conocido mayormente por sus trabajos poéticos.
30 742-756.
31 Ciudad de la provincia de Jiangsu.

gastos imprevistos. Todo esto te permitirá trabajar sin ninguna preocupación.

Muy seguro de sí mismo, el joven contaba con aprobar el examen. Un mes después de partir de Changzhou llegó a la capital y se alojó en el barrio de Buzheng. Un día, al volver de un paseo al Mercado del Este, atravesó el barrio de Pingkang para ir a visitar a un amigo que vivía en el suroeste de esa misma zona. Cuando se dirigía por una callejuela, pasó por delante de una casa de pequeñas puertas pero edificada en profundidad y muy imponente. Cerca de la puerta entrecerrada había una bella muchacha, acompañada de una sirvienta con dos rodetes[32]. La joven era de una belleza exquisita, encantadora como no se conocía otra en esa época, prudente aunque con un toque de descaro, se atrevió a mirar a los ojos del muchacho. Al cruzar la mirada con ella, el joven soltó involuntariamente la brida de su montura y se quedó petrificado, vacilante e incapaz de moverse. Después, deliberadamente dejó caer su hatillo como si hubiera sido un descuido, simplemente para poder alargar aquel momento. Su sirviente, sin darse cuenta de esta sutil estratagema, corrió a recoger lo que había tirado al suelo. Por su parte la joven, sabiendo el porqué de esta demora, se limitó a sonreír al muchacho y a mirarle con ojos llenos de complicidad. Sin embargo, él no pudo mantener su mirada sin ruborizarse y terminó por irse sin atreverse a dirigirle la palabra.

---

32 Rosca que se hace con la trenza del pelo, muy común en las mujeres de la época.

Volviendo a sus estancias, el joven trató de asimilar lo que le había sucedido. Nunca en sus años dedicados al estudio, le había sonreído una mujer igual. Desde entonces comenzó a soñar con ella y secretamente quiso informarse sobre aquella misteriosa joven, así que le preguntó a un amigo que conocía muy bien la capital.

—La casa pertenece a una cortesana que se llama Li, Li Wa, si no me equivoco— le dijo su amigo.

—¿Y esa maravilla de mujer es… abordable?— preguntó.

—Bueno, no exactamente. Tiene el bolsillo bien repleto si es a lo que te refieres— respondió su amigo —. Sé que aquellos que la frecuentaron son personajes importantes o pertenecientes a riquísimas familias y le han dado toda clase de regalos. Si no tienes como mínimo un millón para gastar, no creo que se moleste ni siquiera en hablar contigo.

—Sólo quiero estar con ella. No me importa que me cueste un millón.

—En ese caso preséntate en su casa y prueba suerte. Eres de buena familia y tienes buen futuro, no creo que tengas problema en que te reciban.

—¿Tú crees? Presentarme así sin más…

—¡Cómo se nota que te pasas el día estudiando y nada más! Estamos en la capital y no hay familia que no quiera un buen casamiento para su hija. Ve bien arreglado y que se te note que tienes dinero, gánate a sus padres pero sobre todo a su madre y verás cómo tienes tu oportunidad.

—¿Y llamo a la puerta y ya está?

—No te preocupes, llama con cualquier excusa y todo irá bien. Creo que alquilan habitaciones, pregunta por una.

El joven hizo caso a su amigo y algunos días después se presentó en la puerta de su casa, vistiendo con sus mejores galas. Nervioso, golpeó la puerta. Una sirvienta vino a abrir.

—Buenas tardes, ¿le puedo preguntar quién vive en esta casa?— preguntó.—Resulta que el otro día me dejé olvidado…

La sirvienta no pareció escucharle y echando la vista hacia dentro de la casa gritó:

—¡Está aquí el que el otro día se quedó en la puerta mirando como un bobo!

Divertida y con evidente placer, Li Wa respondió en la distancia:

—Dile que me espere mientras me cambio de vestido y me arreglo para recibirlo como es debido.

Al escuchar estas palabras el joven se sintió transportado al cielo, pero sobre todo aliviado de no tener que fingir más el motivo de su visita.

La sirvienta le invitó a entrar en la casa y allí le recibió una anciana dama de cabello cano y algo encorvada. Se presentó como la madre de Li Wa y el joven hizo una reverencia y en voz baja y le preguntó:

—Escuché decir que usted tiene una serie de habitaciones para alquilar. ¿Es verdad?

—Me temo que mi casa sea demasiado modesta y pequeña para tener el honor de alojar a un joven señor como usted

— respondió la mujer —. Así que no me atrevería a ofrecerle ninguna habitación. Pero quédese, nos gustaría gozar de su compañía.

Ella lo condujo a una sala de recepción realmente espléndida y después de rogarle que tomara asiento, le dijo:

—Tengo una hija que aunque muy joven y poco versada en artes, le gusta sin embargo recibir visitas. Me agradaría presentársela.

La hizo llamar y el corazón del joven comenzó a latir con más y más fuerza. La vio bajando las escaleras del primer piso y lo primero que le llamó la atención de ella fueron sus ojos radiantes y sus finos brazos. La joven se acercó con tanta gracia que el visitante se incorporó torpemente, nervioso de encontrarse ante semejante belleza. Avergonzado, se mantuvo con la cabeza baja, sin atreverse a mirarla a los ojos. Después de intercambiarse los saludos de rigor, hablaron de cosas nimias, como la lluvia y el buen tiempo de aquella estación del año. Sin dejar de ruborizarse, percibió que la bella Li Wa era una excelente conversadora y que poseía encantos incomparables.

Tomaron té, vino y todo tipo de comida servida en una vajilla de perfecta limpieza. El joven se demoró mucho tiempo, hasta la caída de la noche. Ya se escuchaba el tambor de la ronda que marcaba el inminente cierre de las puertas de cada barrio. La anciana dama le preguntó dónde vivía, dándole a entender que era hora de marcharse.

—Vivo a unos veinte li fuera de la puerta de Yanping —,
mintió el joven, esperando que le ofrecieran pasar allí la
noche a causa de la gran distancia que había hasta su hogar.

—El tambor está sonando— se limitó a decir la anciana —
¡Debería marcharse pronto si no quiere que le cierren las
puertas!

—Me estaba entreteniendo tanto en vuestra compañía que
he perdido la noción del tiempo — respondió él —. ¿Qué
puedo hacer ahora, tan lejos de casa y sin parientes en la
ciudad?

—Puesto que usted se ha encontrado a gusto en casa y no la
encuentra tan miserable— sugirió Li Wa —, tal vez no sería
malo que pasara la noche aquí. ¿Qué le parece?

Li Wa dirigió algunas miradas a la anciana dama, que
finalmente dio su aceptación. El joven llamó entonces a su
sirviente y le ordenó traer dos rollos de seda, ofreciéndolos
a cambio de los gastos de la comida que le habían servido.
Pero Li Wa lo detuvo sonriente;

—¡Qué adorable es usted! No; las reglas de hospitalidad no
permiten esto de ningún modo. Será nuestra humilde casa
quien se haga cargo de los gastos de esta noche, que por
otra parte no estarán a la altura de su categoría. En cuanto a
lo demás, hablaremos de eso más tarde.

Él insistió pero fue en vano. Se encaminaron hacia el salón
del oeste, donde pasaría la noche. Las cortinas eran de seda
y el artesonado labrado del lecho era espléndido. Los
almohadones y colchas de seda bordada resultaban

magníficos y los sirvientes trajeron unas velas y prepararon una cena copiosa.

Pasada la noche, la anciana se retiró, mientras a su lado el joven y Li Wa parecían no cansarse de su conversación y reían y coqueteaban sin cesar.

—Debo confesarle una cosa, al pasar el otro día delante de su casa— dijo el joven —la pude ver al otro lado de la puerta. Desde entonces mi corazón le pertenece. Cuando estoy almorzando o con amigos nunca dejo de pensar en usted. No he podido estudiar nada estos días y he fantaseado con volverla a ver. Pero es por la noche cuando su imagen no se aparta de mi mente. Tanto que me cuesta conciliar el sueño.

—Ya que estamos confesando secretos, debo decirle que lo mismo ocurre en mi corazón— respondió ella.

—Si vine hoy y llamé a su puerta, no fue porque necesitaba una habitación. Tenía que volver a verla, no sé lo que me reserva el destino, sólo puedo decirle que no contemplo estar ni un día...

Apenas dijo estas palabras cuando volvió a entrar la anciana madre, que le preguntó de qué hablaban. El joven se avergonzó, y la anciana rió e intuyendo lo que allí ocurría le dijo:

—Cuando existe una gran atracción entre un hombre y una mujer, si se aman, incluso la autoridad de los padres resulta insuficiente para separar a los enamorados. Sin embargo debo advertirle que mi hija es de condición demasiado humilde como para que comparta lecho con usted.

El joven se incorporó precipitadamente y haciéndole una respetuosa reverencia le dijo:

—Le ruego que no me vea así y me acepte como su servidor. Su hija es encantadora y no puedo vivir sin ella. Haré lo que sea para ganarme su confianza.

Entonces la anciana sonrió y le dijo que estaría encantada de considerarlo como su yerno. Lo celebraron vaciando abundantes copas de vino y a la mañana siguiente se despidieron para, bien temprano, transportar el joven todo su equipaje a casa de Li Wa, donde se instaló indefinidamente.

En adelante se encerró en aquella casa sin dar ningún aviso a sus familiares o amigos. Comenzó a juntarse con otra clase de gente, en su mayoría comediantes, cantantes de ópera y bailarines para entretener a Li Wa y su familia. Cuando se le agotó el dinero, vendió sus lindos caballos y prescindió de sus sirvientes. Un año después, dinero, recursos, sirvientes y caballos habían sido derrochados sin control. A partir de entonces la anciana dama comenzó a mostrarse cada día más fría con él, mientras que Li Wa, por el contrario, estaba más amorosa que nunca.

Un día Li Wa le dijo a su amante:

—Hace un año que vivimos juntos y aún no me he quedado embarazada. Se dice que hay un dios en el bosque de bambú que responde a los ruegos de los amantes con la misma seguridad que el río que surca las montañas. ¿Le agradaría ir a hacerle una ofrenda?

Sin sospechar nada fuera de lo normal, al joven le pareció una gran idea ir a esta excursión. Empeñó algunas ropas que tenía y con el dinero compró vino y carne para las ofrendas y se encaminó con su bella Li Wa al templo para pronunciar sus oraciones. Dos noches después volvieron y al llegar frente a la puerta norte del barrio de Xuangyang, la joven le dijo:

—Cerca de aquí, a la vuelta de la esquina, se encuentra la casa de mi tía. ¿No será demasiada molestia ir a visitarla?

—Claro que no, tu familia es mi familia— dijo, aceptando con gusto.

Li Wa dio la orden al sirviente de desviarse unos metros. Después de unos minutos llegaron a una casa señorial cuya puerta inmediatamente se abrió para dejar paso al carruaje.

El criado anunció que ya habían llegado a su destino.

El joven descendió y entonces alguien apareció en el portal, preguntándoles quiénes eran. Al ver a Li Wa el criado entró en casa para anunciar formalmente a la pareja. Instantes después apareció nuevamente, acompañado de una dama que tendría unos cuarenta de años, que preguntó.

—¿Llegó mi querida sobrina?

Li Wa bajó del carruaje y la dama la recibió con amistosos reproches:

—¿Por qué has dejado pasar tanto tiempo sin venir a visitarnos? ¡Pero qué mala que eres!

Ambas rieron y tras intercambiarse cumplidos la joven presentó su compañero a su tía. Entraron juntos a un jardincito situado cerca de la puerta oeste. Allá se encontraba un pabellón en medio de bambúes y de árboles en la quietud que provoca estar rodeado de estanques y exuberante naturaleza.

—¿Este palacete pertenece a su tía? — preguntó el joven. Pero Li Wa, sonriendo, no le contestó y cambió el tema de conversación.

Después les sirvieron té con frutas exóticas y deliciosas. Disfrutaban de la hospitalidad y de la buena comida cuando de repente llegó uno de los criados de Li Wa sudoroso y bufando, trayendo un caballo por la brida y con la cara roja de haber venido a toda prisa.

—¿Qué ocurre?— Preguntó Li Wa.

—Mi señora…

—¿Qué es lo que pasa?

—La patrona, su madre, ha contraído una enfermedad terrible y está cada vez peor. Ya ha comenzado a delirar y es posible que le quede poco tiempo de vida. Es preciso vuelva a casa de inmediato.

—No me lo puedo creer—. Sollozó Li Wa.

—Mi pobre hermana—. Dijo la tía.

—Tía, ¿me haría el favor de dejarme un caballo para partir cuanto antes? Se lo devolveré de inmediato para que vuelva usted con mi marido.

El joven, dominado por la ansiedad, quiso acompañar a su pareja, pero la tía le convenció de que era mejor dejar a Li Wa sola y susurró algo a su sirviente, indicándole que retuviese al joven en la puerta.

—Creo que mi hermana va a morir pronto— dijo la tía —. Es necesario que hablemos juntos de las medidas a tomar para los funerales. ¿Qué puede servir que corra detrás de mi sobrina en un caso como éste?

El joven no supo qué hacer pero no quiso contradecir a la tía de Li Wa, así que se quedó en contra de su voluntad y se puso a conversar sobre de los gastos del entierro y de los ritos funerarios.

Al caer la noche aún no habían devuelto el caballo y nadie parecía tener noticias de Li Wa.

—¡Me extraña que no vengan a buscarnos!— dijo la tía —. Tal vez sería buena idea que usted fuera a casa de mi sobrina. ¡Vaya rápido a ver lo que pasa y lo seguiré enseguida!

El joven, que llevaba tiempo tratando de irse de aquella casa pero no encontraba la excusa, corrió hasta la casa de Li Wa. Cuando hubo llegado encontró la puerta cerrada y sellada. Vivamente sorprendido, pues allí no parecía que viviera nadie, preguntó a un vecino:

—Disculpe, ¿sabe usted qué ha pasado con la familia Li?

—La familia Li estaba viviendo en esta casa de alquiler. Creo que el propietario la recuperó de vuelta y hace unos dos días que la familia se mudó.

El joven le preguntó si conocía la nueva dirección o dónde encontrar a Li Wa, pero el vecino dijo que no sabía nada.

El joven se propuso volver para interrogar a la tía. Pero como ya era noche las puertas del barrio estaban cerradas y le fue imposible ir. Entonces se desprendió de un trozo de seda para empeñarla y comprar algo para comer y buscar una habitación donde pasar la noche. Estaba tan indignado que apenas pegó ojo y no pudo esperar a que se hiciera de día y descubrir qué había pasado.

Por la mañana bien temprano partió sobre su caballo y llegó frente a la puerta de la tía, golpeó la puerta pero nadie respondió. Finalmente, después de gritar repetidas veces, un lacayo salió lentamente de la casa. Le preguntó rudamente:

—¿Qué quiere? ¿A qué vienen esos gritos?

— Necesito hablar con la tía de Li Wa, ¿Está dentro?

—No sé de qué me habla, esa persona jamás habitó esta casa— respondió el lacayo.

—¡Pero anoche bien que estaba aquí! — respondió el joven —. ¿Por qué quiere engañarme? A ver, ¿a quién pertenece esta casa si puede saberse?

—Es la residencia de su excelencia el ministro Cui. Ayer alguien alquiló este pabellón para recibir a un primo llegado de lejos o algo así, pero se han ido antes de la noche.

Completamente desconcertado y medio enloquecido, no sabiendo qué hacer, el joven volvió finalmente a su antiguas estancias del barrio de Buzheng. El propietario del inmueble sintió lástima por él y le dio de comer. Pero el joven, dominado por una gran desesperación, no probó ningún alimento durante tres días y cayó gravemente enfermo. Diez días después seguía tan mal que el propietario, temiendo que muriese en su casa lo transportó al lugar donde se depositaban a los moribundos abandonados.

Allí yacía en estado tan lamentable que se compadecieron todos los trabajadores de pompas fúnebres, que se ofrecieron a alimentar por turnos al maltrecho joven.

Aunque parecía no querer seguir viviendo, la insistencia de aquellos trabajadores que se preocupaban por él lo mantuvo a flote y tiempo después comenzó a recuperarse. Al principio con movimientos tímidos, luego, incorporándose poco a poco hasta que finalmente pudo erguirse ayudándose con un bastón.

Pasó el tiempo hasta que se encontró en condiciones de valerse por sí mismo. Entonces le ofrecieron un trabajo como enterrador y así fue como pudo ganar lo suficiente para subsistir. Algunos meses después recuperó algo de vigor, pero cada vez que escuchaba los llantos de los familiares y de las plañideras[33] se sentía más desgraciado que los muertos y lloraba también, incapaz de retener sus lágrimas pensando en su propia desgracia. Incluso al volver de las ceremonias fúnebres nunca dejaba de llorar cuando se encontraba a solas.

Empezó a llamar la atención en los enterramientos, pues cuando los plañideros profesionales eran mayores y parecían sobreactuados, aquel joven transmitía pura emoción verdadera. Al ser un hombre joven, guapo y de buena presencia dado al llanto, no necesitó mucho tiempo para adquirir toda la maestría de ese arte y al poco ningún

33 Práctica habitual en los entierros en China, contratar a plañideras que lloren en los funerales. Esta tradición llega hasta hoy en día.

105

plañidero profesional podía compararse con él en toda la capital.

Entonces se produjo una rivalidad entre los empresarios de pompas fúnebres. Los del mercado oriental, sin rivales en cuanto al lujo de sus ceremonias fúnebres, acusaban en cambio una visible inferioridad en el arte de los cantos funerarios. Su jefe, sabiendo que el joven era el más solicitado en ese arte, lo contrató al precio de veinte mil monedas. Sus viejos colegas, los plañideros expertos, enseñaron en secreto al joven todas las nuevas y viejas melodías, cantando en coro con él. De tal modo se ejercitó reservadamente en el transcurso de varias semanas.

Listos para la competición, los jefes de las dos principales empresas fúnebres acordaron redactar un contrato con los siguientes términos:

El día de la competición, cada uno hará una exposición de sus artes fúnebres en plena calle de Tianmen para mostrar sus méritos. La empresa que pierda pagará cincuenta mil monedas al otro para los gastos del festín. Que gane el mejor.

El contrato fue firmado y se dieron mutuamente las necesarias garantías para su cumplimiento. El día de la competición vino gente de las poblaciones vecinas, agrupándose varios miles de espectadores en la capital para asistir al concurso. Se alertó a las autoridades del barrio, que informaron de inmediato al magistrado de la capital ante la inusual concentración de personas. Los ciudadanos llegaban de todas partes, dejando sus casas desiertas y desatendidas.

La competición se inició por la mañana. La procesión de carrozas, ataúdes y accesorios de pompas fúnebres de toda clase duró hasta mediodía. Como los empresarios del mercado occidental no parecían imponer su superioridad, su jefe comenzó a ponerse visiblemente nervioso. Superponiendo varios tablones, se levantaron una plataforma en la esquina sur del cruce de calles. Allí apareció un hombre de larga barba, con una campanilla en la mano, escoltado por varios ayudantes. Azuzando la barba, cejas levantadas, frotándose las manos y bajando la cabeza, saludó al subir al estrado y entonó la famosa *Elegía del Caballo Blanco*. Orgulloso y seguro de sí mismo por sus viejos éxitos, el cantor giraba la vista sobre la audiencia como si nadie más existiera en el mundo excepto él. La ovación unánime del público lo elevó a las nubes del éxito.

Instantes después el jefe del mercado oriental hizo montar otra plataforma en la esquina norte, y allí apareció un joven de sombrero negro, con un plumero fúnebre en la mano, acompañado de cinco o seis ayudantes. Era nuestro joven que subió al estrado, se ajustó la túnica, levantó y bajó lentamente la cabeza y aclarándose la garganta comenzó a cantar con un gesto tímido la *Elegía del Rocío sobre el Peral*. Su voz era tan resonante y pura que al devolver el eco temblaron los árboles de los bosques vecinos. Antes de que hubiese terminado la primera estrofa, todos los asistentes escondieron los rostros detrás de las mangas y se pusieron a llorar. El jefe del mercado occidental, tras la abrumadora respuesta de la audiencia, con mucha vergüenza se apresuró a depositar el dinero de su apuesta perdida y se retiró con el mayor disimulo.

Por aquel entonces el emperador había ordenado la convocación en la capital de todos los gobernadores de las provincias exteriores una vez al año. Esto era conocido como las *Cuentas de la Corte*. Por ese motivo el señor de Xingyang, padre de nuestro joven y gobernador de Changzhou, se encontraba en Xian con algunos de sus colegas que, aprovechando su estancia, habían ido de incógnito a ver el espectáculo. Su viejo criado pudo reconocer al hijo de su amo a causa de sus gestos y el tono de su voz. No se atrevió a acercarse a él y se limitó a llorar al comprobar su infortunio. Corrió a hablar con su amo y contarle la noticia. Sorprendido, el señor de Xingyang pidió a su criado que ahondara en los detalles, a lo que el anciano respondió:

—Señor, estoy seguro de que el cantor del otro día es su hijo desaparecido.

—¿Cómo se le ocurre? ¡Imposible! Mi hijo ha sido asesinado por ladrones porque andaba siempre con la bolsa demasiado llena.

Al recordarlo también Xingyang se puso a llorar. Por su parte el viejo sirviente interrogó a los empresarios:

—¿Quién es ese cantor? ¿Dónde pudo aprender a cantar tan bien?

Todos le dieron la misma respuesta:

—Es un don nadie, un desgraciado que trabajaba por un cuenco de arroz.

Muy extrañado, al final de una de sus actuaciones, el viejo criado se acercó disimuladamente al joven y lo miró de cerca. Pero al verlo el cantor se asustó y trató de escapar perdiéndose entre la gente. El sirviente lo retuvo por la manga:

—¡Soy yo! ¿No me reconoce? ¡Su viejo criado!

El joven se detuvo, observó detenidamente a aquel anciano y se abrazó al viejo criado, llorando sin poder contenerse. Juntos volvieron ante el señor de Xingyang, que no pudo disimular su ira:

—¿Es que no tienes vergüenza de aparecer frente a mí? ¡Tu conducta ha deshonrado a nuestra familia!

Después del reproche lo expulsó de casa y entre unos cuantos lo llevaron a un terreno situado frente a un lago. Allí lo desnudaron y lo flagelaron con un centenar de latigazos, hasta que sucumbiendo al dolor cayó desmayado. El señor de Xingyang lo dejó allí dándolo por muerto y se fue.

Entre tanto, el jefe del coro había enviado a algunos de sus íntimos amigos para que cuidaran al joven artista. Volvieron para anunciar a sus camaradas lo que había ocurrido. Todo el mundo quedó muy sorprendido y enviaron a dos hombres para enterrar su cuerpo.

Cuando llegaron al lago encontraron su cuerpo flagelado, lleno de moratones y sobre un charco de sangre.

Empezaron a cavar una fosa y cuando fueron a cargar el cuerpo lo encontraron aún tibio, con el corazón todavía palpitando. Rápidamente, lo abrigaron con unas mantas y le dieron agua caliente para beber. En un momento recuperó un poco de aliento. Emocionados, llevaron al joven a casa del jefe del coro y le dieron a beber té rojo. A la mañana siguiente recuperó plenamente el conocimiento, pero quedó imposibilitado de mover los miembros durante más de un mes. Las heridas de la flagelación se infectaron y apestaban tan fuerte que sus compañeros no pudieron aguantar más su presencia.

Temiendo que no se pudiera hacer nada y que trajera enfermedades al resto, el jefe del coro mandó que lo dejaran abandonado en la calle, dando por hecho su muerte inminente. Los paseantes sentían lástima por él y de vez en cuando le daban algún resto de comida para alimentarle. Al cabo de cien días de malvivir y peor comer, comenzó a andar trabajosamente con la ayuda de un bastón. Vestido con una harapienta túnica de algodón hecha jirones, remendada decenas de veces y languideciendo como una perdiz colgada, andaba con un tazón roto en la mano, errando y mendigando por las callejuelas de todos los barrios. En todas las estaciones del año sólo conoció el abrigo nocturno de las cuevas y se dedicaba a vagabundear todo el día a través de calles y mercados.

Cierto día, mientras arreciaba una tempestad de nieve, el frío y el hambre lo arrojaron a la calle. Mendigando una ayuda lanzaba gritos tan desgarradores que a todos aquellos que lo veían y escuchaban se les apretaba el corazón de pena. Nevaba tan fuerte que ninguna casa tenía la puerta entreabierta. Llegó a la entrada este del barrio de Anyi, recorrió todo el largo de la muralla del norte, y después de pasar frente a seis u ocho casas, encontró una sola con una puerta abierta. Era justamente la casa de la bella Li Wa. Sin saberlo, él se puso a gritar con insistencia. Bajo las torturas del hambre y el frío, su voz sonó tan triste que nadie podía escucharla sin sentirse dominado por la piedad. Esa misma voz golpeó al oído de la joven Li que estaba en su dormitorio. Fue ella la que advirtió a su sirviente:

—Reconozco su voz: seguro que es él.

Y salió precipitadamente en su búsqueda. La imagen con la que se encontró distaba mucho del joven gallardo que una vez conoció, en su lugar vio a un ser flaco, sucio y tan descarnado y cubierto de úlceras que parecía haber perdido las formas humanas.

—¿Es usted de verdad?— le preguntó muy emocionada. Pero el joven, poseído por la vergüenza y la deshonra, no pronunció palabra, así que se contentó con negar con la cabeza. Sin embargo Li Wa lo reconoció.

Ella lo tomó en sus brazos, lo envolvió con su capa bordada y lo arrastró hasta la antecámara del oeste. Allá, rompiendo a llorar le dijo:

—¡Toda su desgracia es por mi culpa!

Li Wa nunca pudo imaginar la desventura que causarían sus actos. Pensó que aquel joven que se había dejado su fortuna en regalos y atenciones se comportaría como sus otras víctimas y que con el tiempo volvería a casa de sus padres para recuperar la fortuna perdida. Nunca pensó que aquel comportamiento pudiera traer el hambre, la miseria y la degradación a un ser humano. La impresión fue tal, que Li Wa cayó desmayada.

Vivamente alarmada, su madre corrió gritando:

—¿Qué pasa?

—Es él— dijo la joven al recobrar los sentidos.

—Hay que echarlo — dijo la madre —. ¿Por qué lo has invitado a entrar aquí?

Pero sombría y grave, la joven protestó:

—¡No! Es un hijo de buena familia. Hace tiempo llegó a casa en carroza y lujosamente vestido, pero en menos de un año lo dejamos sin nada. Después nos desprendimos de él por medio de una vulgar triquiñuela. Lo usamos como hemos usado a tanta gente. Pero ahora me doy cuenta, ¡todo eso es inhumano! Arruinamos su carrera y lo convertimos en algo innoble a los ojos de sus padres. El amor entre padre e hijo es un sentimiento nacido de la naturaleza, pero por culpa nuestra el corazón de su padre se endureció al punto de querer quitarle la vida. ¡Y míralo ahora caído en tan espantosa miseria! Nadie en el mundo ignora que todo esto ocurrió por nuestra culpa. La corte está repleta de familiares y amigos. ¡Pobre de nosotras si las autoridades llegan a hacer una investigación sobre este escándalo! Sin contar que ultrajando a los hombres y engañando al Cielo no encontraremos llegado el momento ninguna gracia frente a los espíritus y los dioses. Hace ya veinte años que he vivido como hija suya y lo que he ganado asciende a cerca de mil piezas de oro. Ahora que usted tiene más de sesenta años, le daré con todo gusto una suma que asegure su vida por veinte años más como rescate de mi libertad. Después me iré con él a vivir a otra parte. Nuestra casa no estará situada lejos de aquí y así tendremos el placer de llegar a saludarla de mañana y de noche. Tales son mis deseos.

La madre, sintiendo que la decisión de la Joven era irrevocable, terminó por consentir. Pagada su libertad, aún le quedaron a Li Wa algunas centenas de piezas de oro. Ella alquiló en el norte de la ciudad algunas habitaciones alrededor de un pequeño patio, a cinco casas de donde vivía antes. Le dio un baño al joven y procedió a cambiarle de ropa. Primero le preparó sopa de arroz para limpiarle los intestinos, más tarde lo alimentó con productos lácteos para purificarle interiormente. Diez días después comenzó a regalarle el gusto con toda clase de delicados manjares. Escogió para él lo mejor que había en sombreros, zapatos, calcetines y toda clase de ropa. Al cabo de algunos meses tenía la piel más suave, y al fin de un año estaba completamente restablecido. Un día ella le dijo:

—Ahora que usted ha recobrado la salud y la energía espiritual, ¿por qué no trata de sacar partido de su talento literario?

Después de reflexionar, él respondió:

—No creo que me quede mucho ya, ¡hace tanto que no compongo!

Ella dispuso preparar un palanquín para un paseo y el joven la siguió a caballo. Al llegar a una librería donde abundaban los clásicos, ella le pidió que escogiera todos los libros que quisiera y así lo hizo por el valor de cien piezas de oro. De inmediato hizo empaquetar y cargar los libros para transportarlos a su casa. Desde ese momento ella le rogó que dejase toda otra preocupación para entregarse en cuerpo y alma, día y noche, a sus estudios. A menudo lo acompañaba mientras él trabajaba y se acostaban después de medianoche. Cuando se sentía fatigado, ella le aconsejaba que escribiese algunas poesías para distraerse.

En sólo dos años él hizo grandes progresos después de haber agotado todos los libros.

—Ahora puedo afrontar un examen— declaró él.

—Aún no. Es preciso asegurarlo mejor, estar preparado para librar cien batallas, como dicen los sabios.

Después de otro año de preparación, ella le dijo:

—¡Ahora es el momento! Ve y cumple tu destino.

En la primera confrontación obtuvo un éxito tan sensacional en el examen oficial que su reputación tuvo repercusión hasta en los más altos ministerios. Inclusive los viejos letrados, al ver sus escritos le tomaron gran estima y buscaron su amistad. Pero la joven le dijo:

—¡Todavía espere un poco! Hoy día todo estudiante, apenas aprueba un examen se imagina que los mejores cargos de la corte están ya a su alcance y que va a ser famoso en todo el imperio. En cuanto a usted, su pasado marcado por la desgracia, lo coloca en posición de desventaja en relación a los otros estudiantes. En este caso, es preciso agudizar sus armas para obtener victoria tras victoria. Y después de rivalizar con los mejores, debe mostrar una superioridad tal que no tenga vuelta atrás.

Entonces, animado por Li Wa, el joven redobló su ardor en el trabajo y su reputación no cesó de crecer. Ese año hubo un concurso especial para lo más florido de todo el imperio. El joven, tratando el tema de los consejos directos ofrecidos al emperador, obtuvo la nota más alta e inmediatamente fue nombrado Inspector del Ejército de Chengdu[34]. Todos los grandes magistrados de la corte buscaban convertirse en sus amigos.

Cuando estaba listo para partir a su puesto, la joven le dijo:

—Puesto que usted ha recobrado su rango social, ahora debemos separarnos. Déjeme volver al lado de mi vieja madre para cuidar de sus últimos días. Usted tendrá que casarse con una señorita de buena familia que sea digna de ofrecer sacrificios a sus ancestros. Ante todo debe evitar comprometerse con un casamiento de manera imprudente como hizo conmigo. ¡Cuídese bien! Ahora me voy para siempre.

Dejando correr sus lágrimas el joven respondió:

—Si usted me abandona me suicidaré.

Pero ella insistió en la necesidad de la separación, mientras él le suplicaba de manera cada vez más conmovedora. Finalmente ella cedió en parte:

34 Una de las ciudades más importantes de China por su significancia estratégica, al estar entre el Tíbet y la frontera del sur.

115

—Voy a acompañarlo pasando el río hasta Jianmen. Allá usted me dejará volver a casa.

Él aceptó. Un mes después llegaron a Jianmen. Antes de su separación, una proclama anunciaba que el padre del joven, el que fuera gobernador de Changzhou, había sido llamado en la corte para ser nombrado gobernador de Chengdu e inspector general de Jianmen. Doce días después llegó el nuevo gobernador. El joven le presentó sus credenciales desde la puerta del despacho. El gobernador, al ver su nombre en aquellos documentos oficiales, no quería creer que se trataba efectivamente de su hijo, pero a la vista de las credenciales donde figuraban los nombres del padre y del abuelo con sus respectivos títulos, se mostró enormemente sorprendido. Salió al encuentro de su hijo, que lo recibió con una profunda reverencia. Se incorporó y se abrazaron, llorando le balbuceó:

—¡Otra vez estamos padre e hijo juntos, como antes!

Después le preguntó todo lo ocurrido, y así lo relató su hijo. Maravillado, el padre le preguntó dónde se encontraba ahora la bella Li.

—Ella me acompañó hasta aquí, pero debe volverse a su casa.

—De eso nada, no puede acabar así — dijo el padre.

A la mañana siguiente recogió a su hijo en su carruaje y partieron a Chengdu, dejando a Li Wa convenientemente instalada en Jianmen. Al día siguiente ordenó a una casamentera arreglar la boda y preparar las ceremonias para recibir solemnemente a la prometida. Fue así que los jóvenes finalmente se casaron y en los siguientes años la hermosa Li se reveló como una persona excepcional.

Años más tarde, los padres del joven murieron casi al mismo tiempo. Él mostró tanta piedad filial en el duelo que crecieron plantas milagrosas sobre las tumbas y brotó trigo con tres espinas por tallo en los campos vecinos. Las autoridades locales informaron de esto al emperador, agregando que muchas mariposas blancas se anidaban en el techado de nuestro héroe como reconocimiento a su valía y piedad filial. Maravillado, el emperador le otorgó muchos favores y lo ascendió a mayor grado.

Transcurridos los tres años de duelo, fue sucesivamente promovido a diversos puestos importantes. En menos de una década fue nombrado gobernador de diversas provincias y su mujer recibió el título de duquesa de Qianguo. Tuvieron cuatro hijos, que más tarde llegaron a ser grandes magistrados; el menor de ellos llegó a ser gobernador de Taiyuan. Los cuatro hijos se aliaron con grandes familias, de modo que todos adquirieron una fama y prosperidad sin par.

Mi tío abuelo, antiguo gobernador de Jinzhou, asumió un alto puesto en el ministerio de finanzas, cargo que abandonó para convertirse en inspector general de transportes sobre tierra y agua. Tres veces sucedió a nuestro héroe en sus cargos y por ello conocía tan bien su historia. En el período de Zhenyuan, mientras un día comentábamos los méritos de las heroínas célebres de la historia china, le conté la historia de la duquesa de Qianguo. La escuchó con

117

el mayor interés y me recomendó que la escribiese. Entonces mojé mi pincel en la tinta y anoté esta historia para que sea recordada siempre como la historia de venganza y posterior redención de la bella Li Wa.

TODO POR WUSHUANG[35]

Liu Zhen era un aclamado hombre de corte durante el reinado Jianzhong[36]. Tenía un sobrino de nombre Wang Xianke. Después de la muerte de su padre, su tío los acogió a él y a su madre. Liu tenía una hija llamada Wushuang, algunos años menor que Wang. Los dos niños jugaban siempre juntos y la mujer de Liu solía llamar cariñosamente a Wang por su diminutivo[37]. Así pasaron varios años, en los cuales Liu trató de la mejor forma a su hermana viuda y particularmente a su querido sobrino.

Un día la madre de Wang cayó gravemente enferma. Sabiendo que le quedaba poco tiempo de vida, llamó a Liu y le expresó su última voluntad:

—Sólo tengo un hijo y bien sabes cuánto lo quiero. Mi gran pena es irme al otro mundo sin verlo casado. Wushuang es una chica tan bella como inteligente, ¡y yo la quiero tanto! No hay que casarla con otra familia; te confío a mi hijo. Si tú consientes en que se casen, mis ojos se cerrarán sin la menor pena y podré morir en paz.

—Quédate tranquila, hermana— dijo Liu —. Te vas a poner bien. De lo demás no tienes que preocuparte.

---

35 Basado en el relato original de Xue Diao (830-872). Escritor de la corte imperial.
36 780-783.
37 En chino mandarín, en los nombres monosílabos, el diminutivo se forma repitiendo el nombre dos veces, en este caso sería Wangwang. Al igual que en español se utiliza con niños o como signo de cariño.

Pese a las cálidas palabras de Liu, su hermana no tardó en morir y Wang condujo su ataúd para sepultarlo en su tierra natal de Xiangyang.

Después de haber guardado el duelo establecido pensó que empezaba a ser hora de casarse y tener descendientes.

—Wushuang está en edad de casarse y mi tío, que ahora es un gran magistrado, no faltará a su palabra—. Pensó Wang. Así que con esta certeza hizo su equipaje y volvió a la capital.

Por aquel entonces, Liu, nombrado Ministro y Comisario de impuestos, tenía una casa señorial de magníficos salones donde siempre había una multitud de altos personajes como invitados. Cuando Wang se presentó en su puerta, Liu lo alojó en un ala de la casa familiar, en compañía de los primos de la familia, que eran todos de la misma edad. Lo siguió tratando con cariño y cercanía, como su sobrino, pero guardó un silencio total sobre el asunto del matrimonio.

Cierto día, Wang paseaba por uno de los jardines y percibió a través de una ventana a Wushuang, convertida en una belleza tan radiante que parecía una deidad. En aquel instante, cayó locamente enamorado y le dominó el temor a que su tío no consintiese ese matrimonio. Así que decidió tomar cartas en el asunto y vendió todo su equipaje, con el que obtuvo una considerable suma en metálico. Con ese dinero se dedicó a dar cuantiosas propinas al criado principal de su tío, a escondidas de este, y siguió sobornando además a todos los demás sirvientes. Los invitaba a beber y comer, con el propósito de que hicieran la vista gorda y le permitiesen el paso libre por todo el palacio. También se cuidó de mostrarse muy respetuoso con los primos que vivían bajo el mismo techo. En el cumpleaños de su tía la sorprendió con preciosos adornos de jade y marfil maravillosamente esculpidos. Su tía se mostró encantada. Diez días después le envió una vieja casamentera como intermediaria para pedirle oficialmente la mano de Wushuang.

—Justamente es lo mismo que yo deseo, me encantaría que os casaseis— dijo la tía —. Pero no te preocupes, de eso hablaremos dentro de poco, déjamelo a mí.

Poco tiempo más tarde una sirvienta vino a decirle a Wang:

—La patrona habló con el señor Liu sobre el casamiento. Pero de acuerdo a la respuesta del patrón, un poco evasiva, parece ser que hay algo que no anda bien...

Al escuchar estas palabras el joven se sintió consternado y no durmió en toda la noche, temblando ante el temor de que su tío dijese finalmente que no. Pero a pesar de esto no cedió en sus esfuerzos por agradarlo y ser cortés delante suya.

Un día, bien temprano, Liu se dirigió a la corte y volvió bruscamente al galope, jadeando y lleno de sudor. Sólo atinó a decir:

—¡Cerrad ahora mismo el portón! ¡Cerradlo ya!

Nadie sabía lo que sucedía y reinó el desorden en toda la casa. Momentos después pudo explicar:

—¡Las tropas de Jinyuan se han sublevado y Yao Lingyan entró en el Salón de la corte imperial con su ejército! El emperador abandonó el palacio por la puerta del norte, y todos los ministros escaparon con él. En cuanto pensé en mi mujer y mi hija vine para acá lo más rápido posible para poner en orden mis cosas. ¡Haced venir de inmediato a mi sobrino, a quien le confío mi familia y le concedo la mano de mi hija Wushuang!

Al enterarse de esto, sorprendido y embargado por la alegría, se puso a dar muestras de agradecimiento a su tío. Y después de haber ordenado preparar veinte bueyes y cargarlos con oro, plata y sedas, Liu le dijo:

—Cámbiate de ropa y lleva estas cosas por la Puerta del Este. Después te instalas en un albergue que esté bien alejado. Tu tía, Wushuang y yo saldremos por la Puerta del Oeste y rodeando la muralla iremos a reunirnos contigo.

Wang ejecutó sus órdenes y llevó el cargamento hasta el albergue, pagando una gran suma de dinero para que los hosteleros fueran discretos. Una vez en su habitación, escondido y de incógnito, miraba desde su ventana. Esperó la caída de la noche, pero nadie llegó. Finalmente salió en busca de la familia de su tío y volvió a caballo. Con una linterna en la mano, dio la vuelta a la ciudad hasta la Puerta del Oeste, que encontró cerrada. Allá montaban guardia algunos soldados armados con alabardas. Wang desmontó y con la mayor discreción les dirigió la palabra:

—Buenas noches, acabo de llegar de un largo viaje, ¿Qué pasa en la ciudad? ¿Salió alguien hoy por esta puerta?

—El mariscal Zhu se ha proclamado Emperador— respondió un guardián —. Esta tarde un hombre ricamente vestido, acompañado de cuatro o cinco mujeres, trató de pasar por esta puerta. La gente de la calle lo reconoció y dijeron que era el ministro Liu, Comisario de impuestos. Entonces el sargento no se atrevió a dejarlo pasar y lo detuvimos. Más tarde, al anochecer, llegó la caballería e inmediatamente lo mandaron volver con su familia de vuelta a la ciudad. Ya se verá qué se hace con él.

Wang rompió a llorar y volvió al albergue abatido. A medianoche, inesperadamente se abrieron las puertas de la ciudad: aparecieron tantas antorchas que todo se iluminó como si fuese de día y soldados armados con lanzas y espadas anunciaron la salida del Comisario Militar, enviado detrás de unos mandarines[38] que salieron de la ciudad para ser ejecutados sin juicio alguno y en el mismo lugar donde los encontrasen. A Wang lo dominó el pánico y acabó huyendo dejando abandonado todo el equipaje en el albergue.

De vuelta a su tierra natal de Xiangyang, permaneció tres años escondido en el campo. Finalmente, al anunciarse que la capital había sido recuperada y que la paz reinaba nuevamente en todo el imperio, Wang volvió a Xian para informarse de lo que le había sucedido a su tío. Llegó al sur del barrio de Xinchang y al detenerse su caballo sin saber

---

38 Se entiende por mandarín a cargos públicos o prominentes. Curiosamente es un término que viene del portugués, que observaron cómo algunos chinos mandaban más que otros, pasándolos a llamar despectivamente "mandarines".

dónde ir, vio a alguien que lo abordaba sin dejar de hacer reverencias. Miró con atención a ese hombre y reconoció a un criado de nombre Saihong, que hacía mucho tiempo, después de haber servido con su padre, fue tomado por su tío como reconocimiento a sus méritos. Entonces se abrazaron con lágrimas de alegría.

—¿Cómo se encuentran mi tío y mi tía?

—Viven en el barrio de Xinghua.

Wang se sintió inmensamente feliz:

—Inmediatamente iré a verlos.

—Ahora soy una persona libre — dijo Saihong —. Vivo en casa de un conocido que puso un cuarto a mi disposición. Y me gano la vida vendiendo seda. Ya es muy tarde. Es preferible que pase la noche en mi casa y mañana podremos ir juntos a ver a sus tíos.

Saihong lo condujo a su alojamiento y le sirvió una excelente comida. Ya de noche llegó la terrible noticia de que el ministro Liu había sido condenado a muerte junto a su mujer por haber colaborado con el enemigo, mientras que a Wushuang se le perdonaba la vida a cambio de entrar en el palacio como sirvienta.

Abrumado de dolor, Wang se lamentó tanto que todos los presentes se compadecieron de él.

—¡En toda la inmensidad del país no me queda un solo familiar! ¡Ya no sé dónde ir!

Recomponiéndose, preguntó:

—¿Quedan algunos viejos sirvientes de la casa?

—Sólo hay una anciana sirvienta llamada Caiping, que estuvo al servicio de Wushuang. Pero ahora ella trabaja en la casa del general Suizhong, jefe de la guardia imperial.

—¡Ay! ¡Ya no guardo ninguna esperanza de volver a ver a Wushuang! —suspiró Wang—. Si me permitiesen ver a Caiping y hablar con ella al menos moriría sin pena.

Como el general había sido amigo de su tío, se presentó en su palacio anunciándose como su sobrino, y después de contarle toda su historia le pidió la autorización para rescatar a Caiping, aunque fuese a un precio alto. El general sintió gran simpatía por el joven y emocionado por su desventura, consintió. Wang alquiló una casa y se instaló con Saihong y Caiping.

Un día Saihong le dijo:

—Mi joven amo, usted es ya todo un hombre; debe intentar prosperar, y el mejor modo es que consiga un puesto oficial en vez de permanecer confinado en casa preso de su tristeza.

Wang se dejó persuadir y se dirigió al general, quien lo recomendó a Li Qiyun, gobernador de la capital. Este último lo hizo nombrar subprefecto del distrito de Fuping.

Algunos meses después se anunció que un comisario del palacio imperial tenía el trabajo de conducir a una treintena de doncellas destinadas al servicio imperial y que pasarían la noche en la posta de Changle, en el distrito de Fuping, con diez carrozas.

—Escuché decir que las doncellas del palacio son elegidas entre las jóvenes de las mejores familias— dijo Wang a

Saihong —. Me pregunto si Wushuang no se encontrará entre ellas. ¿Podrías averiguarlo por mí?

—Hay miles de doncellas en el palacio— replicó Saihong —. ¿Por qué iba a estar Wushuang entre ellas?

—Nunca se sabe, haz lo que te pido por favor.

Entonces hizo pasar a Saihong por las dependencias imperiales y con el pretexto de servir el té lo introdujo dentro de las estancias reservadas a las doncellas. Le dio tres mil monedas, con las siguientes instrucciones:

—Permanece cerca de la estufa, sin dejar jamás ese lugar. Apenas la descubras, vienes a avisarme.

Se pusieron de acuerdo y Saihong se retiró.

Sucedió que las doncellas, que se encontraban como siempre detrás de los cortinados, se mantuvieron invisibles para Saihong; sólo se les escuchaba el usual murmullo nocturno. Cuando ya bien avanzada la noche se apagaron todas las luces, Saihong se mantuvo allí, lavando los tazones y atizando el fuego, sin atreverse a ir a acostarse. De repente escuchó una voz que le hablaba detrás de las cortinadas:

—¡Saihong! ¡Saihong! ¿Eres tú? ¿Cómo sabes que me encuentro aquí?

Y luego esa voz se diluyó en un sollozo ahogado.

—El amo joven ahora está a cargo de la prefectura de Fuping— dijo Saihong —. Hoy presintió que usted estaba aquí y me encargó comprobarlo.

—Ahora mismo no puedo hablar, hay demasiada gente escuchando— dijo la voz —. Mañana, cuando deje estas estancias para entrar al servicio, encontrarás una carta que dejaré bajo un colchón púrpura en el pabellón del noreste. Entrégaselo a mi prometido, te lo ruego.

Dicho esto, ella se retiró. De inmediato se produjo un gran alboroto detrás del cortinado. Alguien gritó:

—¡Una doncella se encuentra mal, ayuda!

Uno de los guardias entró a toda prisa y reclamó que trajeran rápidamente un tónico y que llamaran a un médico. La enferma no era otra que Wushuang.

Saihong corrió a contarle todo a Wang, que turbado preguntó:

—¿Qué puedo hacer para verla?

—Se la llevarán fuera de palacio para examinarla.

—¿Dónde podría coincidir con ella?

—Se me ocurre que en este momento el puente de Wei se encuentra en reparación— se le ocurrió a Saihong —. Hágase pasar por el arquitecto de los trabajos del puente. Al pasar la carroza podrá estar bien cerca de ella. Si Wushuang le reconoce, abriré la cortina y usted la verá.

Wang siguió sus consejos y esperó en el puente convenido. Cuando la comitiva pasó por delante, Wang se irguió, dejándose ver lo mejor posible. Pasaron las dos primeras carrozas pero no se detuvieron, la tercera, sin embargo, sí lo hizo, se paró ante él y abrió tímidamente sus cortinas. Wang se aproximó a ella y echó una ojeada en su interior, allí estaba Wushuang. Lleno de pena, Wang sintió que se le quebraba el corazón. No podían detenerse durante más tiempo, así que Saihong le lanzó la carta encontrada bajo el colchón del pabellón. Eran cinco hojas de papel estampado, cubiertas de caracteres que no podían ser de otra persona más que de su amada. En la carta le describía todas sus miserias y cómo había caído en desgracia. Terminada esta lectura, Wang lloró amargamente, pensando que no vería más a su amor. Pero al terminar la carta ella le decía en la posdata:

Escuché decir que en Fuping, cierto viejo fiscal llamado Gu Ya es un hombre de gran corazón. ¿Podría usted pedirle ayuda?

Wang presentó una solicitud a su superior, pidiéndole una licencia para dejar su puesto durante unos días. Antes tuvo el cuidado de informarse de la dirección del viejo fiscal Gu, que vivía en una aldea próxima a Fuping. Después fue a visitarlo a su casa. Le dedicó frecuentes visitas e hizo todo lo posible para ganarse su confianza, trayéndole regalos como sedas bordadas, jades y piedras preciosas. En el transcurso de un año entero no le hizo saber sus verdaderas intenciones.

Un día Gu le devolvió la cortesía y fue a verlo a su casa y le dijo:

—Sólo soy un rudo soldado y además, viejo. ¿En qué puedo servirle? Como usted fue tan generoso conmigo, pienso que seguramente tenga algo que pedirme. Soy un hombre de buen corazón y para testimoniarle mi gratitud por su gran bondad, aquí me tiene dispuesto a servirle en lo que tenga a bien pedirme, ¡Aunque al hacerlo me cueste la vida!

Dejando correr las lágrimas, Wang le hizo un profundo saludo y le contó toda la verdad. Después de haberlo escuchado, Gu levantó varias veces los brazos al cielo y exclamó:

—¿Sacarla de allí? ¡Eso es muy difícil! De todos modos trataré de ayudarlo, pero no se puede esperar que tengamos éxito de un día para otro.

Wang le hizo otra reverencia:

—¿Qué importa el tiempo que deba esperar si puedo verla antes de morir?

Pasaron seis meses sin que se produjera ninguna novedad. Un día alguien golpeó la puerta y entregó a nuestro héroe un mensaje de parte de Gu:

Hace tiempo envié a un mensajero a la montaña Mao y ya se encuentra de vuelta; las noticias suyas son de una importancia máxima, le espero en casa.

Wang allí fue a toda prisa. Al verlo, Gu no dijo una sola palabra. Cuando Wang le quiso hablar de su mensajero, le respondió:

—Lo maté, pues no tuve más remedio que hacerlo. Esperaremos ahora alrededor de una taza de té.

Muy avanzada la noche, preguntó a Wang:

—¿Tiene usted en su casa una sirvienta que conoce a Wushuang?

Wang le respondió que Caiping la conocía. Entonces Gu la hizo venir inmediatamente. La miró un buen momento, después, sonriente y satisfecho, dijo:

—Que se quede conmigo unos cuatro o cinco días. Ahora usted no tiene otra cosa que hacer más que volver a su casa y esperar.

Pocos días después corrió el rumor de que un alto magistrado se había presentado en el distrito para presidir la ejecución de una doncella del palacio. Vivamente sorprendido, Wang envió a Saihong para saber quién había sido ejecutada. Para su desgracia se trataba de Wushuang. Al conocer esta noticia, Wang gritó entre sollozos:

—De nada me ha servido la ayuda de Gu. ¡Y ahora todo terminó! ¡Wushuang muerta!

Lloró toda la tarde y sintió que iba a morir de la pena. Tal era su dolor que pensó en acabar con su vida aquella misma noche.

Al caer la tarde, alguien llamó a la puerta con golpes precipitados. Era Gu, que entró trayendo una camilla portada por dos criados. Allí yacía un cuerpo cubierto sutilmente por una sábana blanca.

—¡Aquí está Wushuang!— Dijo Gu mientras cortaba la sábana con un pequeño cuchillo —. Parece muerta, pero su corazón aún late. Mañana recuperará los sentidos, y usted podrá darle algún tónico para despertarla. Es necesario guardar un silencio absoluto y que nadie se vaya de la lengua.

Wang la llevó dentro de la casa y pasó toda la noche cuidándola a solas. Llegada la mañana el calor volvió a anidarse en su cuerpo y abrió tímidamente los ojos. Cuando desvió su mirada hacia Wang se sorprendió pero estaba tan débil que volvió a desmayarse.

—Ahora creo haberle devuelto todos sus favores— le dijo Gu a Wang —. Me contaron que un sacerdote taoísta de la montaña Mao poseía una extraña droga: quien la toma parece morir de inmediato, pero tres días después vuelve a la vida. Entonces envié un mensajero para pedirle esa droga, y me mandó un frasco. Tuve que matar al mensajero pues intentó chantajearme. Ayer, de acuerdo con mi plan, di esta pócima a Wushuang para que fingiera un suicidio, dejando una declaración de que pertenecía al partido rebelde. Al llegar al mausoleo, me presenté como pariente y rescaté su cadáver con el pago de cien piezas de seda. A todo lo largo del camino soborné a funcionarios y guardianes para que no abrieran la boca y me dejaran el paso libre. No hay pues ningún peligro de ser descubierto. Ante este acto de traición al imperio, he decidido quitarme la vida, pues ya no hay vuelta atrás y tarde o temprano me descubrirán. En cuando a ustedes, es de vital importancia que huyan de aquí. Frente a la puerta hay diez cargadores de equipajes y cinco caballos con doscientas piezas de seda. Parta antes del amanecer con Wushuang, y cambiad de nombre y marchaos muy lejos de aquí, sólo así evitaréis las persecuciones que sin duda se van a producir.

Al terminar estas palabras, con un movimiento súbito desenvainó y levantó su cuchillo. Wang saltó para detener su brazo, pero fue en vano: de un golpe se apuñaló el abdomen y murió casi al instante. Enterraron al fiel Gu y antes de romper el alba los amantes iniciaron su larga marcha. Atravesaron Sichuan, bajaron las gargantas del río Changjiang, para finalmente detenerse en Jianglin. Cuando comprobaron que ninguna noticia alarmante llegaba de la capital, Wang volvió con Wushuang a su casa de campo de Xiangyang. Allí ambos vivieron juntos hasta la vejez, rodeados de numerosos hijos.

Después de haber superado tantas dificultades y errar por todas partes como fugitivos, al cabo de algún tiempo, la joven pareja volvió finalmente a Xian y vivieron cincuenta años de feliz vida juntos.

EL DERROCHADOR DU ZICHUN[39]

Cuando Du Zichun era joven tenía fama de ser informal, tener poca cabeza y ligera bolsa, pues siempre derrochó sin medida y nunca quiso preocuparse de los negocios familiares. Esencialmente vago, extravagante, bebedor y mujeriego, en poco tiempo disipó toda su fortuna, dejando desamparada y en la pobreza a su esposa. Era en definitiva un despreocupado vividor. Entonces se dirigió a sus familiares y conocidos a pedirles dinero, pero todos lo rechazaron por su conocida reputación. Un día de invierno, cubierto de harapos y con el vientre vacío, vagabundeaba por la capital sin tener nada a lo que hincar el diente. El atardecer lo sorprendió sin haber probado bocado. Se detuvo en la puerta occidental del Mercado del Este, muerto de frío y hambre. Elevó la vista al cielo y comenzó a lanzar suspiros de lamento por su pobres decisiones del pasado.

En ese momento, se le acercó un anciano, que se apoyaba en un bastón.

—¿Por qué se lamenta, joven?

Entonces Du le contó su historia desde su particular punto de vista, echando las culpas a sus malvados familiares y desagradecidos amigos. Por el modo en que relataba los acontecimientos, parecía que la única víctima de su infortunio eran los otros y no parecía poseer ningún atisbo

---

39 Basado en la historia de Li Fuyan.

de autocrítica. La culpa nunca había sido suya, incluso tenía reproches hacia su esposa y su discurso así lo expresaba con gran cólera. El anciano, al oír aquellas lamentaciones tan vehementes, se apiadó del joven.

—Ya veo que es usted una persona caída en desgracia por las malas compañías, pero dígame, ¿cuánto dinero necesita para solucionar su situación? —preguntó.

—Podría arreglarme con treinta o cincuenta mil monedas, con ese dinero tendré para vivir una semana—. Dijo Du.

—Eso no es nada para mí— replicó el anciano —. Pida otra cantidad.

—¿Cien mil?

—No me parece suficiente.

—Pues que sea un millón.

—Sigue siendo poco.

—¿Tres?

—Así está mejor— aprobó el anciano. Del interior de su manga retiró una bolsa de dinero y le dijo:

—Aquí tiene para pasar esta noche. Mañana a mediodía le espero en la Posada de los Persas, ¿la conoce? Allí le daré el resto del dinero prometido. Sea puntual.

Al día siguiente Du llegó a la cita con algo de retraso, pues había dormido más de la cuenta y se había demorado en el desayuno. Allí le esperaba el anciano, que le entregó los tres millones y partió sin ni siquiera decir su nombre.

Con este golpe de suerte y frente a esta súbita riqueza, el gusto por el despilfarro volvió a encenderse en el corazón de Du, que olvidó muy pronto sus días de vagar por las calles y se creyó asegurado para siempre contra la miseria. Olvidándose de su desdichada esposa, lo primero que hizo fue comprar caballos soberbios y trajes caros, dedicando todo el tiempo a beber en compañía de amigos interesados, a ofrecer conciertos, a cantar y pasar las noches en el barrio de las cortesanas. Nunca se le cruzó la idea de que debía administrar su fortuna y mucho menos compartirla con su cónyuge. Dos años después, su bolsa comenzó a agotarse poco a poco. Carroza, caballos, trajes, mujeres, todo ese lujo fue cambiado por bienes cada vez más modestos. Pasó de la carroza al caballo, del caballo al asno y del asno a ir a pie. Du no aprendió la lección y poco tiempo después se encontró otra vez en la calle.

De nuevo sin saber qué hacer, se puso a pedir limosna delante de la puerta del mercado. Pasó un par de días hasta que volvió a aparecer de nuevo el anciano, que lo tomó de la mano y le dijo:

—Pero, hijo mío, ¿qué le ha pasado? ¡Otra vez reducido a la última miseria!

—Hay mucho interesado que se ha dilapidado mi fortuna. Amigos que ya no lo son tanto y damas que han terminado por no serlo. Mi desgracia ha sido confiar en la gente.

—No se preocupe que le ayudaré. ¿Cuánto le hace falta?

Du se sentía demasiado avergonzado para atreverse a responder, pero el anciano insistió en ayudarle de tal manera que terminó por aceptar su ofrecimiento nuevamente. Entonces el anciano le dijo:

—Mañana a mediodía vaya al mismo lugar que la otra vez. ¿Se acuerda?

—Me acuerdo, iré sin falta.

Y allí fue Du, lleno de vergüenza y nuevamente llegó algo pasada la hora. Sin embargo esta vez recibió la exagerada suma de diez millones. Antes de tomar este dinero adoptó la firme resolución de lanzarse de lleno en el mundo de los negocios y no dejarse llevar por errores pasados. Pero una vez que tuvo el dinero en la mano, viendo que había sido tan fácil y que el anciano no parecía pedirle nada a cambio, el corazón le habló de otro modo y Du volvió a caer en la vida de placeres.

Esta vez el derroche fue aún mayor, gastándose grandes sumas de dinero en las casas de cortesanas, donde se labró una reputación al invitar a todos los que allí se encontraban. Sus banquetes tampoco se quedaban cortos y ordenaba platos que a la postre no tocaba, para mayor alegría de los taberneros, que comían todo lo que él dejaba. Pero su afición por el vino era lo peor, vaciaba bodegas enteras y se mantenía en un perpetuo estado de embriaguez que le hacía aligerar la bolsa con aún más soltura.

Al cabo de tres años de vida desenfrenada, volvió a encontrarse más pobre que nunca. Una vez más, repitió el ritual de pedir limosna en el mercado, y una vez más encontró al anciano en el mismo lugar. Abrumado por la vergüenza, se volvió sobre sus pasos, tapándose el rostro con las manos. El anciano lo detuvo tomándolo del brazo:

—Hijo mío, sé que no es culpa suya, tal vez no tenga suerte en los negocios, ¡es un mundo tan complicado!

Esta vez le entregó la suma de treinta millones y le dijo:

—Si esto no lo salva de su mala suerte, quiere decir que usted es realmente incurable.

Du se sintió totalmente embargado por la emoción y rompió a llorar. En aquel momento de clarividencia y de agradecimiento a aquel desconocido se decidió a cambiar sus hábitos, así que se dijo a sí mismo:

—Llevé una vida de libertino y malgasté todas mis riquezas. Nadie entre mis ricos familiares me tendió alguna vez la mano; solamente este viejo me ofreció dinero tres veces. ¿Cómo demostrarle mi agradecimiento?

Entonces llegó a esta conclusión:

—Con este dinero podré hacer mucho bien en el mundo. Cuidaré que no le falte abrigo a los pobres y comida a las viudas y a los huérfanos. Así espero ser absuelto de todos mis errores pasados.

—Esto justamente esperaba de usted, le ennoblece ese gesto— respondió el anciano —. Una vez arreglados sus negocios, venga a verme el año próximo, el día quince de la séptima luna, a la sombra de los sauces gemelos, frente al templo taoísta.

—Eso haré.

El anciano se marchó y Du, con la convicción de llevar una vida diferente, pensó en la mejor manera de llevar a cabo su filantrópico proyecto.

Como la mayoría de las viudas y los huérfanos a causa de la guerra se encontraban al sur de la región de Jiangsu, Du fundó su obra en Yangzhou[40]. Allí compró cien hectáreas de buenos arrozales, edificó una gran casa en el poblado y construyó más de cien asilos sobre los caminos principales, donde fueron acogidos las viudas y los huérfanos. Gestionó matrimonios para sus sobrinos y sobrinas, y reunió en el cementerio ancestral las cenizas de los miembros de su familia enterrados en otros lugares, creando para ello un lujoso mausoleo. También utilizó su inmensa fortuna para ajustar cuentas con sus viejos enemigos, siendo implacable con ellos.

Comenzó a labrarse una gran reputación como hombre generoso y amable. Dejó la bebida, comió sólo que necesitaba y tan sólo de vez en cuando frecuentaba casas de cortesanas.

Al cabo del tiempo recordó su cita con el anciano, así que se encaminó hacia el templo taoísta. Encontró a su benefactor recitando sutras a la sombra de los dos sauces. Cuando se reconocieron, el anciano se mostró muy contento y pidió a Du que le siguiera hacia un lugar que debía conocer. Juntos subieron hasta el pico Yuntai de la montaña Hua. Después de haber recorrido varios kilómetros, llegaron frente a un templo imponente, que tenía algo de sobrenatural. Encima flotaban las nubes y el arco iris asomaba mágicamente entre las montañas, revoloteando las aves a su alrededor. Entraron y en la sala

---

40 Ciudad en la costa este de China, próxima a Shanghai.

central había un gran horno, de más de nueve metros de altura, de donde se escapaban llamas violetas, lanzando resplandores que atravesaban las ventanas. Nueve figuras virginales de jade rodeaban el horno, con un dragón apostado delante y un tigre blanco detrás.

A la caída del sol. El anciano se cambió de ropa y apareció con los hábitos de sacerdote taoísta, capa roja y sombrero amarillo. Le ofreció a Du tres pequeñas bolas de arroz y un cubilete de vino, pidiéndole que se las tragara inmediatamente. Después lo hizo sentarse sobre una piel de tigre, extendida frente al horno. Y entonces le hizo una petición algo inusual:

—Pase lo que pase, no diga ni una sola palabra: aunque sean dioses, demonios, bestias feroces, horrores del infierno, familiares encadenados y torturados con mil dolores, no abra la boca, todo es una ilusión. Es preciso no moverse ni hablar. Permanecer tranquilo y firme. Recuerde en cualquier circunstancia lo que acabo de decirle.

Después se retiró. Cuando Du miró hacia el patio, sólo alcanzó a ver un gran cántaro lleno de agua. Apenas desapareció el sacerdote, la sala se oscureció y del horno surgieron unas feroces llamas de las que salieron miles de caballeros y carros de guerra, portando lanzas y banderas, llenando valles y montañas con un clamor que hacía temblar el cielo y la tierra. El general de aquel ejército emergió de entre el fuego, medía más de diez metros de altura, estaba, igual que su cabalgadura, acorazado con una resplandeciente y llameante armadura dorada. A la cabeza de centenares de guardias con arcos tendidos y espadas desnudas, el gigante avanzó por la sala, vociferando:

—¿Quién eres? ¿Cómo te atreves a enfrentarte a mí?

Du no daba crédito a lo que estaba sucediendo e intentó recordar la advertencia del monje. Los guerreros lo rodearon, blandiendo sus armas, apremiándole para que dijera su nombre y la razón de su presencia. Pero él no dejó escapar ni una sola palabra. Enfurecidos por su silencio comenzaron a gritarle:

—¿Qué esperamos? ¡Vamos a sacarle los ojos y a cortarle la cabeza!

Como Du no respondió nada, el general se enfureció hasta la extenuación, sin embargo, después de un rato, terminó por irse. Repentinamente aparecieron por millares tigres, dragones, leones y víboras, rugiendo, amenazando y abalanzándose sobre él, buscando aplastarlo y devorarlo. Pero Du permaneció imperturbable y aunque estaba muerto de miedo, todas aquellas bestias terminaron por desvanecerse.

De repente comenzó a caer una lluvia torrencial. Los rayos desgarraban las tinieblas, torbellinos de llamas se elevaban por doquier mientras los relámpagos azotaban el cielo de tal modo que resultaba imposible abrir los ojos. La sala no tardó en encontrarse sumergida bajo más de tres metros de agua y este volumen, con la rapidez del relámpago y el bramido del trueno, se volcó irresistiblemente como una montaña en erupción, como un río que se desborda en un abrir y cerrar de ojos. Pero Du no se inmutó y permaneció sentado, impasible, y el diluvio de inmediato desapareció.

Después volvió el general acompañado de un ejército de minotauros. Pusieron un gran caldero delante de Du, mientras lo rodeaban amenazantes picas, cuchillos y tridentes.

—Si dices tu nombre te perdonamos la vida— exigió el general —. En caso contrario te atravesaremos el corazón y después te echaremos en el caldero.

Como siempre, no respondió nada.

Entonces trajeron a su mujer, lanzándola al pie de la escalinata. Señalándola con el dedo, le dijeron a Du:

—Si dices tu nombre, la dejamos libre.

Tampoco hubo una respuesta.

Desnudaron a la muchacha, e inmediatamente la azotaron con varas de bambú hasta dejar su espalda cubierta de sangre. Como Du seguía sin hablar, le echaron vinagre sobre las heridas. Al no obtener respuesta, lanzaron flechas, le arrancaron pedazos de carne con cuchillas afiladas y la quemaban con carbones ardientes. Sin poder ya aguantar tanto sufrimiento, la mujer le suplicó, llorando y gritando:

—He estado a tu lado durante diez años, he permanecido contigo en tus peores momentos. Ahora me están torturando y no lo aguanto más. No espero que pidas perdón, tan sólo di una palabra para que perdonen mi vida. ¡Sólo una palabra! ¿No te vas a dignar ni siquiera a eso?

Como Du no hizo nada, inundada de lágrimas, ella continuó insultándolo y maldiciéndole mientras parecía que la vida se le escapaba poco a poco de sus manos. Pero Du seguía sin prestarle la menor atención.

—¿Te crees que no me atrevo a matarla? —dijo el jefe. Y ordenó a sus demonios que trajeran un cuchillo bien afilado, y la despedazaran centímetro por centímetro, empezando por los pies. Su mujer comenzó a gritar más fuerte que antes. Du permaneció impasible.

Cuando su esposa hubo muerto, el general enfureció y perdiendo la paciencia, pidió que decapitaran a Du:

—¡Coged un hacha y acabad con este miserable que ha dejado morir a su esposa! ¡Cortadle la cabeza y apartadlo de mi vista!— Dijo el general.

Con un golpe súbito le decapitaron y con la cabeza separada del tronco, el alma de Du fue conducida inmediatamente al infierno, donde quedó a merced de los minotauros para que la torturaran con toda la crueldad posible.

Entonces le hicieron sufrir toda clase de suplicios: le vertieron bronce fundido por la garganta, fue golpeado con una barra de hierro, machacado con un martillo, triturado en un molino, arrojado en un foso en llamas, hervido en un caldero, obligado a trepar sobre una montaña de cuchillos, a atravesar un bosque de lanzas. Pero, recordando siempre las palabras del sacerdote, tuvo el valor de soportar todos estos sufrimientos sin dejar escapar un solo suspiro. Cuando los minotauros anunciaron que las torturas habían terminado, el general dijo:

—Este hombre es indestructible. Muy bien, tengo una idea, vamos a reencarnarlo en una persona enferma y desgraciada. ¿A quién tenemos por ahí?

Estuvieron buscando un buen rato entre los archivos, para ver en quién podía reencarnarse Du. Al poco tiempo, un minotauro se acercó con un trozo de papel y se lo dio al general, que tras leerlo dio su aprobación.

—Bien, pues ya lo tenemos, vivirás como la hija de la familia de Wang Qin del distrito de Shanfu en Songzhou.

El general le dio un golpe en el pecho y su alma fue transportada hasta el cuerpo de aquella joven, de tal modo que Du renació en un cuerpo de mujer. En su infancia, la niña fue muy enfermiza. Desde pequeña debió soportar los pinchazos de acupuntura y beber amargos brebajes. Apenas podía salir de su cama por no poder soportar las inclemencias del tiempo. A pesar de todos los sufrimientos, la joven nunca dejó escapar el menor suspiro ni la más mínima queja. Pasaron los años y al crecer se convirtió en una muchacha bella y encantadora, pero jamás pronunció la menor palabra. Su familia la consideró muda de nacimiento y a menudo era insultada y humillada por algunos de sus familiares, pero nunca respondió nada ante las ofensas.

Un vecino suyo, de nombre Lu Gui, joven estudiante con brillante futuro, conmovido por su belleza y considerándola una muchacha tan tímida como misteriosa, la pidió en matrimonio por mediación de un casamentero. Al principio la familia declinó la oferta a causa del mutismo de la doncella, pues pensaban que era una muchacha inútil y posiblemente tenía algún retraso mental.

—No hay ninguna necesidad de que hable, sólo la quiero como esposa— dijo Lu —. Así dará una excelente lección a aquellas personas que tienen la lengua demasiada larga.

Entonces la familia aceptó su pedido y Lu preparó la boda con gran cuidado. Durante muchos años se amaron ardientemente y juntos tuvieron un hijo, que con los años desarrolló una inteligencia extraordinaria.

Un día, Lu tomó al niño en sus brazos y mientras le enseñaba a hablar correctamente pensó en intentar hacer lo mismo con su mujer. Sin embargo, todos los esfuerzos fueron en vano y ella se mantuvo siempre en silencio. Lu probó todos los medios para hacerla hablar, pero nunca obtuvo respuesta. La frustración de Lu iba en aumento, pues creía que el mutismo de su esposa y su negativa a hablar no era más que desprecio hacia él y su matrimonio. Los días pasaron y su ánimo no mejoró, comenzó a tratar peor a su esposa y comenzó a abusar de la bebida. En el fondo temía que pudiera pasarle lo mismo a su hijo y que de tanto estar con su madre terminaría por imitarla.

De repente, un día volvió a casa visiblemente ebrio. Vio a su mujer bañando a su hijo en una pila y loco de cólera, exclamó:

—Hace mucho tiempo, el ministro Jia fue despreciado por su mujer, que jamás se dignó sonreír a su marido. Pero en la caza del faisán, él demostró ser un excelente arquero y ella entonces se arrepintió de haberlo menospreciado. En cuanto a mí, de ningún modo soy tan feo como Jia y mi talento literario vale más que el arte de cazar faisanes. Y sin embargo desdeñas responderme cuando te hablo. ¿Para qué conservar a nuestro hijo si sientes tanto menosprecio hacia mí?

Y dicho esto, apartando a su mujer de un empujón, tomó al niño por los pies y colgándolo boca abajo lo ahogó en la pila de agua. Con los últimos espasmos de vida y ante la impotencia de no poder hacer nada, Du con el corazón dominado por el amor maternal, olvidó súbitamente su promesa y lanzó un grito de horror:

—¡No! ¡Por favor, a mi hijo no!

Aún con el grito en los labios, su alma fue transportada violentamente y Du se encontró de nuevo sentado en la sala del templo, en el mismo lugar donde una vez estuvo, frente al sacerdote taoísta. Era antes del amanecer. Del horno surgieron grandes llamas purpúreas, que lamieron el techo y se elevaron hacia el cielo. Toda el templo comenzó a incendiarse y pronto fue pasto del fuego y reducido a cenizas.

—¡Usted es un estúpido! —gritó el sacerdote—. ¡Ha destruido toda mi obra!

Mientras decía esto tomó a Du por los cabellos y lo hundió en un barril lleno de agua.

—Mientras se trató de alegría, dolor, cólera, terror, odio, deseo, su corazón supo ser dueño de sí mismo — dijo el sacerdote —. Solamente el amor maternal fue la prueba que usted resultó incapaz de superar. Si no hubiese lanzado ese grito, mi experimento habría sido un éxito, y usted ya sería un inmortal. ¡Qué difícil es encontrar un hombre que pueda alcanzar la divinidad!

Du se revolvió y fue capaz de zafarse del sacerdote. Lo miró sin saber qué decir. El monje, por su parte sólo le dijo estas palabras:

—¡Adiós y buena suerte!— dijo, señalando el camino de retorno.

Du quiso ver una vez más la sala central. El horno estaba demolido. Dentro se veía una barra de madera quemada del grosor de un brazo y algunos metros de largo. El sacerdote se quitó su túnica y se puso a tallar esa barra con un cuchillo, tallando lo que parecía era una escultura o tal vez una inscripción.

De vuelta a la ciudad, avergonzado de haber decepcionado al anciano, Du juró que haría todo lo posible para reparar su falta.

Intentó sacar una conclusión de todo ello, pero no supo a ciencia cierta qué era lo que había aprendido. Lo único positivo, fue que de repente tuvo una creciente simpatía hacia su esposa, pues pudo experimentar lo que significaba ser mujer en este mundo. Entonces volvió a su casa con el corazón pleno de remordimientos y fue corriendo a buscar desesperadamente a su esposa, a la que había ignorado durante tantos años.

EL ESCLAVO MO[41]

En el reinado de Dali[42] había un joven llamado Cui, oficial de la guardia imperial de la Orden del Buey. Su padre, famoso magistrado, estaba en buenas relaciones con un ministro que era un personaje ilustre de su época. Un día, su padre lo envió a visitar al ministro para informarse del estado de su salud.

Cui era un bello muchacho de rostro puro como el jade. Su modestia de carácter se unía a un gran señorío de maneras y fineza en sus palabras. Al verlo, el ministro ordenó a sus sirvientes recibir al muchacho y conducirlo a su dormitorio. Una vez se hubo instalado, Cui, postrado de rodillas, le presentó el mensaje de su padre además de sus respetos. El ministro se interesó mucho por el joven y le invitó a tomar asiento y conversar amistosamente con él.

Alrededor del ministro estaban tres jóvenes sirvientes, todas ellas de una belleza resplandeciente. Servían té, cortaban los albaricoques y llenaban con ellos los tazones de oro. Cubrían la fruta con crema azucarada, y después la servían. El ministro dijo a una de aquellas damas, vestida de rojo, que ofreciese un tazón al joven. Pero este, intimidado por la presencia de las bonitas muchachas no se atrevía a comer. Entonces el ministro ordenó a la del vestido rojo que le diera de comer con una cuchara como si

41 Original de Pei Xing, escritor del siglo IX conocido especialmente por sus cuentos sobrenaturales.
42 766-779.

fuera un niño, lo que divirtió mucho a las damas, pues obligó al joven a comer un albaricoque de la mano de aquella joven, que le sonrió con un gesto pleno de picardía.

Cuando Cui se despidió, el ministro le dijo:

—La próxima vez que venga a vernos no habrá ningún tipo de ceremonia ni protocolo, pues ya le considero como de la familia.

Después ordenó a la muchacha de vestido rojo que le acompañara hasta la puerta. Por prudencia, Cui no le dijo nada a aquella bella dama. Al salir por la puerta, se volvió para mirarla por última vez y tal vez sacarle una sonrisa. Ella, sin embargo, le hizo una seña mostrándole tres dedos levantados, y girando tres veces la palma de la mano le indicó un espejito que llevaba entre los senos:

—Acuérdese de esto.

Y no dijo una palabra más.

Aquello turbó mucho a Cui, pues sabía que le quería decir algo pero no sabía el qué. Al volver a su casa, Cui informó a su padre lo que le había dicho el ministro y le transmitió sus buenos deseos. Después de retornar a su gabinete de estudio cayó fulminado por el cansancio y tardó muy poco en dormirse. Aquella noche, por supuesto, soñó con la dama de rojo, que derrochaba sensualidad y erotismo. A la mañana siguiente no pudo dejar de pensar en ella, siempre taciturno y silencioso, sumergido en sus sueños, permaneció día y noche sin probar bocado, no haciendo otra cosa que cantar este poema:

En el Monte de los Inmortales vi una deidad,
resplandeciente su mirada como una estrella fugaz.
La luna se deslizaba por una puerta roja:
sobre su belleza de nieve esparció su tristeza.

A su alrededor nadie entendía ese poema ni comprendía lo que le ocurría, pero era obvio que algo le pasaba. Los criados, por prudencia, no se atrevían a preguntarle nada, todos salvo uno, un esclavo Kunlun[43], llamado Mo, que después de observarlo detenidamente le preguntó:

—¿Qué pasa en su alma que le atormenta sin cesar? ¿Por qué no confía en su viejo esclavo?

—No sé si podrías entenderlo, ¿gente como tú puede comprender y arreglar las cosas del amor?— le replicó Cui.

—Confíeme sus penas— insistió Mo —y le daré una solución. Tarde o temprano tengo la seguridad de triunfar.

Sorprendido por ese tono de seguridad en sí mismo, Cui le confió su secreto:

—Desde que vi a una de las damas del ministro no he podido dejar de pensar en ella.

—Ah, así que se trata de amores.

—Sí, pero lo que más me intriga ha sido unas señas que me hizo al irme de casa del ministro—. Dijo Cui, mientras reproducía con sus gestos los mismos que le hizo la dama de rojo.

—Pero si es facilísimo— le dijo Mo —¿Por qué no me lo contó antes en vez de estar tanto tiempo entristecido por nada?

43 Se conoce como esclavos kunlun a aquellos venidos del sur de China.

149

—No tenía ni idea de lo que significaba.

Mo le explicó:

—¡Nada es más fácil de adivinar! Tres dedos levantados quiere decir que en la casa del ministro hay diez departamentos para alojar a las sirvientas y concubinas y que ella habita en el tercero. Al girar tres veces la palma de la mano, ella le señaló quince dedos, para indicar el quince del mes. Y el espejo sobre sus senos es la plena luna en la noche del quince, fecha en que le ha dado la cita.

Transportado de alegría, Cui le preguntó:

—¿Y hay un medio de cumplir con mis deseos y volverla a ver?

—Mañana es quince— dijo Mo con una sonrisa —. Deme dos piezas de seda azul oscuro para hacerle una malla. En la casa del ministro hay un perro guardián terrible que custodia las puertas de la residencia de las sirvientas, de tal modo que ningún forastero puede introducirse allí, pues el perro no tardaría nada en ladrar y atacar. Se trata de un perro de la famosa raza de Haizhou, vigilante y feroz como un tigre. En el mundo entero no hay nadie que pueda con él, a no ser su viejo esclavo. Esta noche voy a dejarlo fuera de combate para que usted pueda cumplir su cita.

Para darle coraje esa noche, Cui le ofreció vino y carne. Hacia medianoche el esclavo salió con un martillo unido a una cadena.

Poco después, lo que tardó Cui en terminar de cenar, Mo volvió y le anunció:

—El perro ya está muerto. Ya no hay ningún obstáculo delante de nosotros. Ahora planificaremos el día de mañana.

La noche siguiente, justo antes de medianoche, hizo vestir a Cui la malla azul oscuro. Con ayuda de Mo, franquearon las murallas y finalmente penetraron en la residencia de las sirvientas para finalmente detenerse frente al tercer departamento. A través de las persianas de madera, una lámpara alumbraba vagamente. Dentro, sólo se escuchaban los suspiros de la joven, que permanecía sentada como si esperase a alguien. Terminaba de quitarse los aretes de esmeralda y el colorete de su rostro. Con el corazón desbordando de tristeza, ella cantaba un poema:

Amor en pena, ¡oh, peonía en llanto!
Furtivamente se despoja de sus joyas bajo las flores;
la espera siempre en vano,
en su flauta de jade suspira su pena.

Los guardianes dormían a pierna suelta y no se escuchaba el menor ruido. Cui levantó el cortinado y entró. Durante un instante la muchacha permaneció como paralizada. Después saltó del lecho y le tomó la mano:

—Sabía que un joven inteligente como usted comprendería las señas de mi mano. ¿Pero por medio de qué magia ha podido llegar aquí?

Cui le contó el plan de su esclavo Mo y como lo había llevado hasta allí.

—¿Dónde está su esclavo?— le preguntó.

—Allí, detrás de la puerta.

Entonces ella rogó al viejo que entrara y en un tazón de oro le ofreció vino para beber.

—Pertenezco a una rica familia que vive cerca de la frontera del norte— le contó la joven a Cui —. Mi actual amo, el ministro, que entonces comandaba allá el ejército de frontera, me obligó a convertirme en su concubina. Me da vergüenza de mí misma por no haber sabido darme la muerte y haber aceptado vivir en esta desgracia. Aunque tengo el rostro pintado de blanco y rojo, conservo siempre un corazón triste. Las comidas servidas con palillos de jade, el perfume que siempre fluye de los incensarios de oro, los vestidos de seda que se hilvanan detrás de los biombos de nácar y las perlas y las esmeraldas de las favoritas que duermen bajo las colchas bordadas, todo eso me repugna. Me siento encadenada a una prisión hecha de oro. Puesto que su buen servidor es fuerte e inteligente, ¿por qué no me libera de mi prisión? Si conquistase mi libertad, podría morir sin pena. Y sería feliz de quedarme con usted como concubina. ¿Qué dice usted, señor?

Cui se mantuvo callado y sumamente pálido. Fue Mo quien respondió:

—Señora, si así lo quiere, sus deseos son órdenes, nada más fácil de hacer.

La joven se mostró encantada. Mo le pidió que para empezar le dejase transportar su equipaje.

Calladamente, Mo cargó en sus espaldas varios baúles llenos de ropas y joyas. Tardó tres idas y vueltas en llevarlo todo. Entonces dijo:

—Tengo miedo que pronto se haga día, deberíamos salir ya.

Entonces se echó a la joven a su espalda y franqueó las altas murallas sin que fuese alertado ningún guardián de la casa del ministro. Una vez que llegaron a la casa de Cui escondieron a la joven en el gabinete de estudios.

Al día siguiente se comprobó la desaparición de la joven y se encontró muerto al perro. Enfurecido y alarmado, el ministro exclamó:

—Las puertas y murallas de mi casa están siempre muy bien atrancadas y mejor vigiladas. Quien los ha franqueado sin dejar rastros como si volase, debe ser una persona extraordinaria. Mejor no decir nada de esto, para evitar mayores males. ¡Aquí nadie va a hablar sobre lo que ha sucedido! ¿Entendido?

Sus criados agacharon la cabeza avergonzados y prometieron no revelar lo que había pasado.

El tiempo pasó y la joven permanecía escondida en casa de Cui hacía ya dos años. Un día, durante la estación de las flores, salió un buen día para pasear en coche en el parque de Qujiang. Un hombre de la casa del ministro la vio por casualidad y corrió a avisar a su amo. Al escuchar esta novedad, sorprendido, el ministro hizo llamar a Cui y lo interrogó. Dominado por el miedo y no atreviéndose a guardar el secreto, Cui le contó toda la historia, confesando que fue su esclavo Mo quien se la llevó echándosela a su espalda.

—No, Cui, la culpa de lo sucedido es de la muchacha— opinó el ministro —. Puesto que ella está a su servicio desde hace tanto tiempo, ya no corresponde hacer justicia con ella. Pero algo tengo que hacer al respecto, y por mi parte es preciso que me haga cargo de su esclavo, por constituir un peligro público.

Envió entonces cincuenta de sus guardias, armados hasta los dientes, para cercar la casa de Cui con la orden de capturar al esclavo kunlun. Esperando esta reacción, Mo preparó un plan de huida y con dos puñales en sus puños, Mo escaló las altas murallas como si fuese un gato. Le arrojaron una lluvia de flechas, pero no lo alcanzaron. En un abrir y cerrar los ojos se perdió de vista.

Un gran pánico se produjo entonces en la casa de Cui, pues se había ganado un nuevo enemigo además de la posible animadversión del ministro.

Dominado por el terror y temiendo por su vida, el ministro se arrepintió de su orden contra el esclavo. En el transcurso de un año, se rodeaba todas las noches con un gran número de sirvientes armados con espadas y ballestas. Aunque no le ocurrió nada en el transcurso de ese tiempo, la leyenda del esclavo kunlun capaz de hacer cosas extraordinarias creció y creció. De él se hablaba en los mercados, en las casas de té y en las casas de cortesanas. Todo el mundo parecía añadir algo nuevo a su historia, y el resto de nobles señores y cargos oficiales empezaron a tener más deferencias para con sus esclavos por temor a que aquel ser superhumano volviera y se vengara de ellos. Algunos esclavos, los más avispados, inventaban que eran parientes de Mo para así infundir el temor en sus amos y conseguir favores de ellos.

En cuanto a Cui y su concubina, vivieron felices durante algún tiempo hasta que ella huyó un día para acabar en casa de un gran señor de guerra mongol más allá de la muralla.

Más de diez años después alguien de la casa de Cui contó que había visto a Mo vendiendo en el mercado de Luoyang. Tenía el aspecto más joven y gallardo que nunca. Cui nunca se atrevió a comprobarlo.

EL HOMBRE DE LA BARBA RIZADA[44]

Mientras el emperador Yang Guang de la dinastía Sui[45] hacía un viaje a Yangzhou, el canciller Su recibió la orden de cuidar la Capital del Oeste[46]. Soberbio y arrogante, Su, que en esa época turbulenta se consideraba un hombre implacable y el más venerable y poderoso del imperio. Llevaba una vida fastuosa y no mantenía la prudencia que debía tener un vasallo. Cada vez que recibía a un gran magistrado o cualquier visita prestigiosa no los recibía de pie, sino que se mantenía insolentemente echado sobre su lecho, dejándose mimar por sus concubinas favoritas y siempre rodeado de una muchedumbre de sirvientes. Al final de su vida, se volvió peor, sin preocuparse por cumplir el protocolo para con el emperador además de desatender los asuntos del imperio frente a las invasiones del norte.

Cierto día, Li Jing, que más tarde debía convertirse en duque de Wei[47] pero que entonces era un simple ciudadano, pidió una audiencia a fin de presentarle un hábil plan de

---

44 Basado en el original de Du Guangting (850-933), monje taoísta y ocasionalmente escritor.
45 Último emperador de la dinastía Sui (581-617), sólo gobernó 14 años antes de ser asesinado. Tremendamente ambicioso y cruel. Era conocido por sus derroches y vida de gran lujo.
46 La capital del oeste era Xian, mientras que el emperador fundaba la capital del este con sede en Luoyang.
47 Uno de los más grandes estrategas militares de la dinastía Sui y, posteriormente, Tang. Autor de grandes tratados militares y obras literarias.

estrategia política. El canciller Su, como siempre, lo recibió sentado en su lecho. Li se acercó, saludó y dijo:

—Excelencia, el imperio se encuentra en plena crisis; por todas partes los rebeldes se sublevan para apropiarse del poder. Como canciller de la casa imperial, Su Excelencia tendría que rodearse de los hombres más valiosos y persuadirlos para que se unan a nuestra causa y no se unan a los rebeldes. Por eso resulta poco galante recibir tumbado a las visitas.

El canciller Su reaccionó y adoptando un gesto de seriedad, se incorporó y pidió disculpas. Conversó con su visitante, se mostró encantado y aceptó su proposición antes de levantar la audiencia.

Mientras Li hablaba con tanta sensatez, una de las concubinas, una belleza deslumbrante que se mantenía en primera fila con un abanico rojo en la mano, lo observaba detenidamente. Cuando él se retiró, la joven salió a la galería exterior y dijo a un oficial:

—¿Sería tan amable de preguntarle al joven que se acaba de retirar su nombre y dónde se aloja?

El oficial caballerosamente preguntó a Li, que respondió sin ningún problema. Ella se lo agradeció con un gesto en la distancia y entró en el palacio.

Li volvió a la posada donde se hospedaba esa noche y escribió las conclusiones que había sacado de su encuentro con el canciller. Se quedo casi toda la noche escribiendo, pues la gravedad de la situación del imperio así lo demandaba. Poco antes del amanecer escuchó cómo golpeaban discretamente la puerta. Fue a abrir y se encontró con una persona encapuchada, vestida de púrpura, que llevaba un bastón y un bolso. Se presentó con estos términos:

—Soy la señorita del abanico rojo del palacio del canciller Su. ¿Se acuerda de mí?

De inmediato él la invitó a pasar. Cuando ella se quitó su abrigo y su capucha, él se encontró frente a una belleza de unos diecinueve años, de rasgos purísimos y suntuosamente vestida. Ella le hizo una profunda reverencia y Li, sorprendido, le devolvió el saludo.

—Desde hace mucho tiempo estoy al servicio del canciller — dijo ella —. He visto mucha gente llegada de todo el imperio, pero nunca a alguien como usted. La enredadera no puede crecer sin ayuda y siempre busca aferrarse a un gran árbol. Es por eso que he llegado aquí.

—El canciller Su es el hombre más poderoso en la capital — replicó Li —. ¿Cómo puede compararme con él?

—El canciller no es más que un moribundo en sus últimos días y usted lo sabe perfectamente— aseguró la muchacha —. Muchas jóvenes concubinas ya se fueron de su casa, sabiendo que ya no puede esperarse nada de él. Por su parte no hizo nada por rescatar a las servidoras y favoritas que lo abandonaron. Tranquilícese: he pensado bien antes de dar este paso.

—¿A qué paso se refiere?

La joven besó a Li con pasión. Cuando Li le preguntó por su nombre y rango, ella respondió que se llamaba Zhang y que era la mayor de su familia. Su cutis, sus arreglos, palabras y gestos, eran verdaderamente exquisitos. Frente a esta conquista inesperada, Li, tan rebosante de alegría como dominado por el temor, se sintió preso de mil preocupaciones. Aquel asunto —pensó— no podría traerle nada bueno.

Pasaron juntos la noche y Li se aseguró de que nadie advirtiera su presencia en su casa. Algunos días después se informó a los guardias de la desaparición de la joven y se ordenó una investigación, pero los numerosos espías y guardias de la corte no pusieron mucho interés, pues no era la primera vez que una concubina abandonaba al canciller Su y estaban más preocupados en los focos de rebelión que comenzaban a fraguarse en Xian.

No obstante, la joven pareja decidió abandonar la capital, pues el levantamiento parecía inminente. Para ello, la joven se disfrazó de hombre y cabalgando junto a Li abandonaron Xian a galope rumbo a la ciudad de Taiyuan.

En mitad del camino se detuvieron en un albergue de Lingshi, que no era especialmente fastuoso pero era perfecto para una pareja que no quería llamar la atención. Con la habitación ya preparada y la carne en el fuego, Zhang peinaba sus largos cabellos caídos hasta el suelo cerca de la cama, mientras Li limpiaba sus caballos delante de la puerta. De repente apareció un hombre mediano, con una barba rojiza y rizada, montado sobre un desgarbado asno. Tirando su bolsa de cuero cerca del fogón, se alojó en el cuarto contiguo y se metió directamente en la cama y apoyándose en la almohada miró cómo Zhang se peinaba sus cabellos a través de la puerta. Vivamente indignado, Li continuó limpiando su caballo aunque guardó una daga bajo su túnica por si la cosa se complicaba más de la cuenta con aquel desconocido.

Zhang miró atentamente el rostro del intruso; con una mano recogió su cabellera y con la otra, detrás de su espalda le hizo una señal a Li para que se tranquilizase y no interviniera. Con rapidez terminó de peinarse. Después avanzó amablemente hacia el intruso y le preguntó, a través de la puerta, su nombre. Siempre recostado sobre el lecho, él respondió que se llamaba Zhang.

—También yo me llamo Zhang[48]— dijo ella —. Entonces puede ser que yo sea familia suya.

—Hombre, una hermanita por estos lares—. Dijo divertido el hombre de la barba rizada.

De inmediato ella le hizo una profunda reverencia y le preguntó a qué familia pertenecía y cuál era su rango[49]. El otro le respondió que era el Tercer Zhang y a su turno le preguntó lo mismo.

—La mayor — respondió ella. Entonces, muy alegremente, él exclamó:

—Me siento muy feliz de encontrar aquí a la mayor de mis hermanitas.

---

48 Los nombres chinos no tienen género, por lo que a veces hombres y mujeres pueden compartir no sólo el mismo apellido familiar, sino el mismo nombre de pila.

49 El orden dentro de la familia, ya que mucha gente ni siquiera tenía nombre de pila, sino el orden más el apellido, en este caso sería el Tercer Zhang.

De lejos ella llamó a Li:

—Ven a conocer a mi… primo, Tercer Zhang.

Li fue a saludarlo y le rogó que se sentara cerca del fuego.

—¿Qué hay en la olla? — preguntó el recién llegado.

—Cordero. Ya debe estar cocido.

—Tengo hambre — dijo Tercer Zhang.

Y mientras Li fue a por arroz, el recién llegado sacó un puñal de su cintura y se puso a trocear la carne. Este hecho llamó la atención de Li, pues si Tercer Zhang iba secretamente armado, tal vez era un fugitivo como ellos. Comieron juntos. Terminada la cena, el hombre de la barba rizada cortó en pedacitos los restos del cordero y se los guardó y el caldo se le dio de beber a su asno.

—Conforme a su vestimenta, usted tiene un aspecto pobre — le dijo a Li —. ¿Cómo es que con tal situación pudo conquistar a una mujer tan maravillosa?

—Suerte, imagino.

—Ambos sabemos que para conquistar a una mujer delicada y noble hace falta algo más que suerte.

—Así pobre como me ve, mi espíritu es muy elevado— dijo Li.

—Será eso. La daga que esconde, ¿es también propia de un espíritu elevado?

Li comprendió que Tercer Zhang le había cazado, así que decidió no seguir con aquella mascarada.

—A nadie se lo contaría, pero a usted no le guardaré secretos.

Li le contó toda la historia a Tercer Zhang.

—¿Y ahora hacia dónde van?— preguntó el Tercer Zhang.

—Vamos a escondernos en Taiyuan— dijo Li.

—La dinastía Sui está acabada. El emperador maltrata a su pueblo y los ahoga con impuestos para la guerra con el norte y para esa dichosa muralla. La gente tiene que comer primero y guerrear después.

—Eso creo yo.

—Con una belleza así es normal que quiera alejarse de Xian, la cosa se va a poner fea.

—Me alegro que comprenda nuestra situación.

—¡Claro que la comprendo! ¿Tienen más vino?

Li le dijo que en la esquina del albergue había una taberna y allí fue a comprar una jarra de vino. Mientras bebían el Tercer Zhang dijo:

— Por su aspecto y modales veo que es usted realmente un hombre de honor. ¿Por qué ir a Taiyuan? ¿conoce usted a alguien allí?

—Tengo allí a un hombre honorable. Frente a él los otros sólo pueden aspirar a ser sus ayudantes o capitanes. Es un verdadero líder.

—¿Cómo se llama?

—¡Igual que yo!

—¿Qué edad tiene?

—Apenas veinte años.

—¿Qué hace ahora?

—Es el hijo del general de la provincia.

—Es posible que sea él— dijo el tercer Zhang.

—¿Él?

—He oído hablar de un hombre cuya familia se llama Li y que su fama le precede, tal vez es el mismo. Pero es preciso que yo lo vea para mayor seguridad. ¿Podría usted presentármelo?

—Tengo un amigo que se llama Liu Wenjing, que se encuentra en muy buenos términos con él. Por mediación suya concertaré una cita. ¿Pero por qué desea conocerlo?

—Un astrólogo me dijo tener un extraño presagio que tiene lugar en Taiyuan y me encargó que lo averiguara. Usted parte mañana. ¿Cuándo cree que llegará?

Li calculó la fecha eventual de su llegada y el otro le dijo:

—Al día siguiente de su llegada, espéreme en el puente de Fenyang a mediodía.

Apenas dichas estas palabras, montó en su asno y partió del mismo modo que un pájaro toma vuelo y desapareció súbitamente. Li y la joven se sintieron tan sorprendidos como encantados y temerosos. Momento después terminaron por tranquilizarse:

—Un caballero tan gallardo no engaña a nadie. Nada tenemos que temer de él, parecía una persona amigable.

—Tal vez no deberíamos de haberle contado nuestra historia —. Dijo la hermosa Zhang.

A la mañana siguiente la pareja prosiguió su camino a todo galope. Llegaron a Taiyuan en el día fijado y volvieron a encontrarse con gran alegría con Tercer Zhang. Juntos fueron a visitar a su conocido en la ciudad, Liu Wenjing, que se reunió con ellos en su casa. Después de las cortesías de rigor, le dijeron para tantear el terreno:

—Querido amigo, como bien sabe, necesito de su mediación para conocer a Li Shimin[50], que me prometió ayuda y refugio a Zhang y a mí. ¿Podría usted invitarlo a venir aquí?

Liu, que hacía tiempo tenía en alta estimación a Li Shimin, envió inmediatamente un mensajero a buscarlo. El ilustre invitado no tardó en llegar, sin túnica ni calzado, vestido solamente con una capa de piel, pero con gesto majestuoso y el rostro de incomparable distinción. Al verlo, el hombre de la barba rizada, sentado silenciosamente en un rincón, sintió la majestuosidad de aquel desconocido.

—Verá, querido Li, celebro que haya llegado hasta Taiyuan sano y salvo, pero me temo que voy a necesitar que vuelva a la capital—. Dijo Li Shimin.

—Pero, el canciller Su me estará buscando, sin duda se habrá hecho eco de mi huida.

—Puede ser, pero ha de saber que se acerca una rebelión contra la tiranía Sui en la capital. Los días de esa dinastía están contados y yo voy a necesitar de aliados dentro del palacio para cuando ocurra. Os necesito de vuelta, para que convenzáis al canciller de que no vale la pena oponer resistencia.

Tercer Zhang escuchaba atentamente la conversación. Li Shimin continuó:

50 Li Shimin (598-649) sería el segundo emperador de la dinastía Tang bajo el nombre de Taozong y fue el encargado de enfrentarse a la dinastía Sui antes de acceder al trono. De una importancia máxima para la creciente dinastía, conquistó la capital de Luoyang, creó un servicio público unificado y abrió muchísimas escuelas a lo largo del país.

—Los ejércitos del emperador palidecen de hambre y frío en las guerras del norte mientras él está en Luoyang. El enfrentamiento entre nuestras dos dinastías es inevitable. Pero para que lleguemos al éxito el pueblo tiene que estar de acuerdo con nosotros. Yo pelearé por Luoyang y puede que la conquiste, pero es Xian donde nos jugamos el futuro del imperio. Sin Xian, no hay nada.

—Pero, ¿qué ocurrirá con Zhang?

—Que siga disfrazada de hombre, presentadla como vuestra guardia personal.

— Pero...

—Los Sui, deben caer, sólo así nuestra nación volverá a florecer, vuestro país os necesita, y es el momento de los grandes hombres—. Sentenció ceremoniosamente Li Shimin.

Brindaron por este nuevo acuerdo, hablaron de la importancia de la educación del pueblo y de la mejora de infraestructuras, a final de la noche, Li Shimin se apresuró a volver a su palacio.

El hombre de la barba rizada no salía de su asombro ante la impresión causada por Shimin. Después de brindar algunas copas le dijo a Li:

—¡He aquí sin duda alguna un futuro hijo del cielo[51]!

Li felicitó a Liu por su inestimable ayuda al haberle puesto en contacto con tan insigne hombre. Después de la partida de Li Shimin, Tercer Zhang le dijo a Li:

---

51 "Hijo del cielo" es el modo en que se denomina al emperador.

—Es muy posible que sea él, del que hablan las profecías. Pero es necesario que también lo vea mi amigo el sacerdote taoísta. Usted y su mujer deben venir a verme. Fijemos una fecha y alrededor de mediodía vengan a la taberna del este. Allí, cuando bajo la ventana del piso alto vean mi asno en compañía de otro muy flaco, significará que arriba estaremos el sacerdote y yo. Sólo tienen que subir.

Con la promesa de ser exactos en la cita, Tercer Zhang también se retiró. Intrigados, Li y la hermosa Zhang fueron a la taberna en el día y hora fijados. Efectivamente las dos monturas estaban allí. Subiéndose las túnicas, llegaron al piso alto y encontraron bebiendo juntos al sacerdote y a su amigo. Su llegada fue alegremente recibida. Les rogaron que se sentaran y después vaciaron una docena de copas.

—En el piso bajo encontrará un cofre con cien mil monedas —dijo Tercer Zhang —. Elija un lugar bien tranquilo para alojar a su mujer sin levantar demasiadas sospechas. Y una vez más fije el día para venir a verme en el puente de Fenyang. Quiero que guarde este dinero, le diré para qué es más adelante, cuando nos volvamos a ver.

El día de la cita, Li encontró en el puente al sacerdote taoísta y a tercer Zhang. Juntos fueron a ver de nuevo a Liu, a quien encontraron jugando al xiangqi[52], y después de algunos cumplidos comenzaron a conversar. Liu envió urgentemente una nota a Li Shimin, invitándolo a asistir a un juego de xiangqi. El sacerdote se puso a jugar con Liu, mientras que Tercer Zhang y Li los observaban.

52 Especie de ajedrez chino.

Un instante después llegó Li Shimin. Su sorprendente distinción imponía el respeto. Saludó y se sentó. El esplendor de su aspecto y la serenidad de su mirada resplandecía a su alrededor como si pasase una brisa acariciante. Al verlo, el sacerdote palideció, puso una pieza sobre el tablero y dijo:

—Para mí la partida está perdida. Esta jugada me derrotó. Me cerró toda posibilidad. ¡Nada me queda para hacer!

Abandonó el juego y pidió permiso para retirarse. Al salir le dijo a Tercer Zhang:

—Es él, sin duda. Será mejor que siga el plan que me dijo. ¡Valor y que no tenga que arrepentirse!

Al día siguiente todos decidieron volver a la capital. Li junto a la bella Zhang, disfrazada de hombre, y el Tercer Zhang en su asno. Al llegar, le dijo a Li:

—Mañana — dijo Tercer Zhang —venga a verme con mi hermanita a mi humilde alojamiento. Les presentaré a mi mujer y podremos conversar sobre muchas cosas. Vengan sin falta.

Li, apurando su montura, volvió a su casa. Tan pronto entró a la capital, en compañía de su amante visitó a Tercer Zhang. Se detuvieron frente a una puertecita de madera. Golpeó, le abrieron y a modo de saludo expresaron:

—Hace tiempo que el amo les estaba esperando.

Los hicieron entrar y pasaron por varias puertas interiores que se veían más y más imponentes. Cuarenta bellas sirvientas estaban alineadas en el patio y veinte sirvientes los guiaron hacia el salón del este, amueblado con una suntuosidad inaudita, con cofres repletos de joyas exóticas, adornos y espejos como nunca se habían visto antes. Cuando se hubieron limpiado el polvo del camino, los vistieron con ropa nueva de una gran magnificencia. Entonces se anunció la llegada del amo. El hombre de barba rizada avanzó, llevando un sombrero de gasa y un abrigo de piel. De toda su apariencia se desprendía una majestad real. Los recibió con toda cordialidad, y llamó a su mujer que vino a saludarlos.

Se les invitó a pasar al salón central, donde ya estaba servido un banquete que superaba a todos los festines reales. Cuando se sentaron a la mesa, veinte músicos alineados frente a los convidados ofrecieron un concierto, cuyas melodías, en su mayoría desconocidas, parecían llegar del paraíso.

Terminada la cena, se sirvió vino. En el salón del este, los sirvientes instalaron varios fardos cubiertos de seda bordada. Al retirar las colchas encontraron enormes riquezas, además de llaves y libros de cuentas.

—He aquí todo lo que poseo como riqueza y tesoros —dijo Tercer Zhang a Li —. Y todo esto se lo entrego a usted. ¿Sabe por qué?

—Dígamelo, se lo ruego.

—Para conseguir derrocar a los Sui tendré que guerrear como un dragón durante veinte o treinta años para levantar un nuevo reino. Su amigo Li Shimin de Taiyuan será realmente un gran soberano que traerá la paz que tanto necesitamos. Con su talento incomparable, si usted apoya con la mejor voluntad a este monarca de la paz, usted llegará seguramente al rango de canciller. En cuanto a su querida Zhang, con su belleza verdaderamente divina y su espíritu sin igual, hará honor a su ilustre marido. Ella fue la única en valorarlo como se merece y solamente un hombre como usted la puede cubrir de honores. El viento se levanta con rugidos de tigre y la nube se hincha con el gruñido del dragón. De ningún modo esto es simple efecto de la casualidad. Con esto que le entrego, usted puede ayudar a Li Shimin a financiar el levantamiento de Xian y fundar un imperio. ¡Vaya con él! Yo he decidido liderar una sublevación desde el sur, con ayuda de los shaolin y así ayudar a unificar el reino. Y ahora, ¡acompáñenme a brindar con este vino en mi honor y hacia la victoria!

Después ordenó a todos sus sirvientes presentarles los saludos y respetos, diciéndoles:

—¡De ahora en adelante estaréis al servicio del señor Li y la dama Zhang!

A continuación se vistió con ropa de guerrero, y con su mujer y seguido de un solo hombre de confianza, partió a caballo y pronto desapareció a lo lejos en la oscuridad de la noche.

Con la posesión de esa casa y de sus riquezas, Li se convirtió en un hombre rico y poderoso. Puso sus recursos a disposición de Li Shimin para ayudarle primero a sublevarse desde la capital y luego a conquistar todo el imperio.

En los años venideros, mientras que Li, en calidad de ministro a la izquierda del emperador tomaba el cargo de canciller, llegó un informe de las tribus del sur, anunciando que un millar de galeras con cien mil hombres armados habían penetrado en el reino de Fuyu. El rey había sido masacrado, su trono ocupado, y se terminaba de fundar un nuevo Estado. Li comprendió que finalmente el hombre de la barba rizada había triunfado. Se lo dijo a su mujer. Los dos, en trajes de ceremonia se arrodillaron frente al sudeste y virtieron vino al suelo como modo de felicitar de lejos a su viejo amigo que terminaba de triunfar.

Por eso se ve que la ascensión al poder supremo no está al alcance de los simples héroes, el hombre de la barba rizada fue un gran general, pero supo reconocer al futuro hijo del Cielo y apoyó su causa. Gracias a él, nuestro imperio volvió a ser próspero durante las orgullosas miradas de futuras generaciones.

EL MONO BLANCO

En una campaña militar, el emperador envió al sur una expedición comandada por el general Lin Qin. Al llegar a Guilin[53], el general se enfrentó a las fuerzas rebeldes, mientras que su lugarteniente, de nombre Ouyang penetraba hasta Changle[54], limpiando de enemigos todas las cavernas y pueblos que iba encontrándose a su paso e internándose en un terreno cada vez más peligroso.

La mujer de Ouyang viajaba con su séquito en la retaguardia, siempre a una distancia prudente del campo de batalla. Contaban de ella que tenía un rostro delicado y pálido, por lo que resultaba de una belleza arrebatadora.

—General— le dijeron sus hombres —. ¿Por qué ha traído hasta aquí a una mujer tan bella? Se dice que en esta región hay un dios que se jacta de raptar a todas las muchachas, y sobre todo no perdona a las más bellas. Vamos a tener que redoblar la guardia para garantizar su seguridad.

—¡Hacedlo entonces!

Vivamente alarmado, esa noche Ouyang dispuso que sus guardias rodeasen la casa que habían requisado para su familia y escondió a su mujer en una habitación secreta, encerrándola con una docena de sirvientas a quienes encomendó la misión de protegerla.

La noche era muy oscura y soplaba un viento lúgubre que arrastró un trozo de seda blanca desde el cielo. Sin

53 Ciudad al sureste de China.
54 Ciudad en la costa este de China.

embargo, todo permaneció tranquilo hasta el alba. Los soldados, cansados de velar, empezaron a dormirse poco a poco.

De repente, creyeron percibir la presencia de algo fuera de lo común. Alertados, se despertaron los unos a los otros y se encaminaron a la estancia donde estaba su protegida pero cuando llegaron la mujer ya había desaparecido. La puerta había permanecido cerrada y nadie supo cómo alguien pudo entrar o salir. Ouyang investigó él mismo la habitación sin encontrar pista alguna. Pasara lo que pasara, aquello parecía obra de magia.

Buscaron en las montañas escarpadas que tenían enfrente, encendiendo faroles y alertando a todos los soldados. Sin embargo la noche era tan oscura que nada podía verse a un paso de distancia y resultó imposible continuar la búsqueda. Llegó la luz del día y tampoco se encontró ningún rastro.

Profundamente indignado y afligido, Ouyang juró no abandonar aquel lugar sin haber encontrado a su mujer. Con el pretexto oficial de que estaba enfermo, hizo acampar allí a su ejército, pero cada día lanzaba batidas en todas direcciones, inspeccionando hasta en las cuevas más profundas y peligrosas. Le llevó cerca de un mes en encontrar la primera pista. Fue a unas treinta leguas del campamento, en un bosquecillo de bambú, donde encontró uno de los zapatos bordados de su mujer que, aunque empapado por la lluvia, le resultó fácil reconocer. Más afligido que nunca, Ouyang prosiguió su búsqueda. Con una treintena de sus hombres más aguerridos, pasaba la noche durmiendo en las grutas o simplemente al aire libre. Después de marchar diez días más y alejarse varios kilómetros del campamento, descubrió al sur una montaña sinuosa y cubierta de bosques. Para llegar a ella tuvieron que atravesar un río profundo así que la travesía se hizo sobre una balsa improvisada. A lo lejos, entre precipicios y a través del muro de color esmeralda que conformaban los bambúes, percibieron el brillo rojizo de vestidos de seda y escucharon voces y risas femeninas. El nerviosismo de Ouyang y sus hombres fue en aumento.

Ayudándose con cuerdas y aferrándose a las cepas salvajes, los guerreros treparon los precipicios. Allá arriba se alineaban árboles suntuosos, que se alternaban con cúmulos de extrañas flores y se extendían los verdes prados. Todo se veía calmo y fresco como si fuera un paisaje de un retiro espiritual. Hacia el este, bajo un portal cavado en la misma roca, decenas de mujeres, vestidas con todo lujo, paseaban animadas con gestos de diversión, riendo y cantando a sus anchas. Cuando vieron a aquellos hombres rudos, sucios y cansados, quedaron paralizadas. Sin embargo no huyeron, sino que dejaron que se acercaran y después las mujeres preguntaron:

—¿Qué hacéis aquí?

—Soy el general Ouyang, y vengo en busca de mi esposa, que desapareció de sus aposentos hace varias semanas.

Al escuchar su respuesta, las mujeres suspiraron y se miraron entre ellas:

—Su mujer se encuentra entre nosotras desde hace más de un mes. Ahora está enferma y guarda cama. Pero venga a verla.

Dejaron pasar sólo a Ouyang. Cruzó la reja de madera del portal y vio ante sí tres habitaciones espaciosas y arregladas como un gran salón. A lo largo de las paredes se veían hileras de lechos recubiertos de cojines de seda. Allí estaba su esposa, acostada, cubierta con mantas lujosas y frente a ella tenía toda clase de alimentos exóticos. Al acercarse Ouyang, ella se dio vuelta hacia él, lo reconoció, pero vivamente le hizo un gesto para que se fuese. Ouyang no comprendía lo que estaba sucediendo.

—¿Por qué no quieres verme, amor mío?

Pero su mujer no contestaba, fue una de aquellas damas la que le dijo:

—Entre nosotras las hay que llevan aquí desde hace diez años, sin habar con nadie y sin contacto con ningún hombre. Mientras su esposa termina de recuperarse ha de saber una cosa; aquí vive un monstruo que mata hombres. Incluso con cien de sus mejores soldados bien armados no podrían hacer nada. Será mejor que se vuelva antes de que vuelva nuestro amo.

—Ni hablar, no hay nadie que no pueda ser asesinado. Yo no me voy de aquí, y mis hombres tampoco.

Las mujeres se miraron entre sí y, poniéndose en corro, murmuraron para sí. Finalmente, una de ellas dijo:

—Muy bien, parece que no todo está perdido. ¿Quiere recuperar a su esposa?

—Ni lo dude.

—Pues entonces traiga dos barriles de buen vino y diez perros que servirán de alimento a la bestia. También varios kilos de cuerda, entonces nosotras podemos ayudarle a matarlo. Vuelva dentro de diez días pero justo al mediodía, ni antes ni después. ¿Lo ha entendido todo?

Ouyang asintió y las mujeres le rogaron que partiera lo más pronto posible, así que se retiró inmediatamente con sus hombres. Diez días después, Ouyang volvió en el día fijado con un excelente licor, las cuerdas y los perros.

—El monstruo es un gran bebedor— le contaron las mujeres mientras cogían todo su cargamento —. A menudo suele beber hasta caer borracho. Una vez ebrio, le gusta medir sus fuerzas. Nos pide que lo atemos de pies y manos a su cama con telas de seda. Normalmente suele romper las ataduras de un salto, pero cuando lo atamos con triple vuelta de seda, se tiene que esforzar mucho para liberarse. Esta vez, si lo atamos con las cuerdas escondidas entre la tela de seda, estamos seguras que sus esfuerzos resultarán inútiles. Todo su cuerpo es duro como el hierro, pero hemos observado que siempre se protege una sola parte, algunos centímetros debajo del ombligo. Seguramente allí es vulnerable.

Después, mostrándole una gruta al lado de la casa, le indicaron:

—Ahí está su despensa. Escóndase dentro y permanezca en silencio hasta su llegada. Deje el vino junto a las flores y suelte los perros en el bosque. Cuando hayamos cumplido con nuestro plan, entonces lo llamaremos y usted saldrá de su escondite.

Ouyang hizo lo que le recomendaron, y conteniendo la respiración quedó a la espera. Al caer el sol una larga pieza de seda blanca cayó desde lo alto de una montaña vecina y, empujada por el viento, penetró en la caverna. De allí, un instante después salió un hombre alto y fornido de bella barba, vestido con una sencilla túnica blanca. Avanzó con un bastón en la mano, rodeado de sus mujeres. Al ver los perros su cuerpo se transformó en un gran mono blanco de más de dos metros de altura. Aquel monstruo se abalanzó sobre los perros, los despedazó con sus manos y los devoró hasta la saciedad con sus fuertes mandíbulas. Mientras tanto, todas las mujeres, encantadoras y risueñas, competían para ver quién le servía el vino en finas tazas de jade. Cuando ya había bebido varias jarras de licor, las mujeres lo ayudaron a entrar en la casa, pues a duras penas se tenía en pie. Ouyang continuó escuchando algunas risas femeninas. Momentos después las mujeres salieron para avisarle. Era el momento.

Ouyang entró con la espada en la mano y vio al gran mono blanco. Las mujeres habían hecho lo prometido y estaba atado a la cama. Otras dos damas azotaban con varas de bambú al gran mono, que gemía de placer, como si de un juego macabro se tratara. Al ver acercarse al forastero intentó zafarse de sus ataduras, pero no pudo hacerlo. Miró con furia a aquel extraño y ante la imposibilidad de desatarse, se encogió esperando el golpe. Ouyang no se hizo de rogar y abatió la espada sobre él, pero se encontró un cuerpo de hierro y piedra que casi rompe su arma. Finalmente, recordando lo que las mujeres le dijeron, Ouyang le asestó una estocada debajo del ombligo y la lámina entró directamente en su cuerpo. Bruscamente comenzó a brotar sangre a chorros, cayendo sobre el lecho. Entonces el mono blanco dijo gimiendo:

—Si muero es porque así lo quiso el Cielo porque tú, humano, no tienes la suficiente fuerza para matarme. En cuanto a tu mujer, debes saber que está embarazada de mí. No mates a su hijo, ya que con el tiempo servirá a un gran monarca y hará que vuestra familia sea más próspera que nunca.

Apenas pronunció estas palabras, palideciendo a causa de la sangría, murió.

Ouyang hizo una señal a sus guerreros, que entraron en la gruta y se dedicaron a buscar y saquear los bienes del monstruo. Encontraron montones de objetos preciosos, y sobre las mesas, inmensas cantidades de deliciosos manjares. Allí estaban todos los tesoros conocidos del mundo, incluyendo esencias exóticas y excelentes espadas. Había treinta mujeres, todas de una belleza incomparable, y algunas se encontraban allí desde hacía diez años. Contaron que cuando una envejecía, la llevaban a cierta gruta en las montañas y no aparecía más. Aparentemente, el gran mono blanco gozaba solo de sus mujeres y las obligaba a todo tipo de perversiones, sin embargo, nunca se le conoció cómplice alguno en sus actos.

Según le contó la esposa de Ouyang, aparentemente, el mono cada mañana se lavaba y se cubría con un sombrero. Invierno y verano usaba una túnica de seda blanca con un cuello del mismo color. Todo su cuerpo estaba cubierto de pelos blancos. Cuando se quedaba en casa, le gustaba leer tablillas de madera, con escrituras que parecían indescifrables jeroglíficos, y cuando terminaba de leerlos los ocultaba en un escondrijo de las rocas. A veces, cuando reinaba el buen tiempo, se ejercitaba con sus dos espadas, trazando círculos que lo rodeaban con una especie de halo luminoso como si fuese la luna. Bebía y comía los alimentos más diversos, particularmente frutas, nueces, y sobre todo perros, a quienes gustaba chuparles la sangre. A mediodía se iba de un salto y desaparecía en el horizonte. En sólo media jornada hacía un viaje de miles de kilómetros. Tenía la costumbre de volver a casa todas las noches.

Todos sus deseos eran inmediatamente colmados. Nunca durmió de noche; la pasaba de cama en cama, gozando de todas las mujeres. Muy erudito, se expresaba con una elocuencia magnífica y penetrante. Sin embargo, en cuanto a su físico, nunca dejó de ser una especie de gorila albino de grandes proporciones.

Según contaron las mujeres, ese año, en la época en que las hojas comienzan a crecer, el mono blanco, triste y apagado, un día se lamentó:

—Termino de ser acusado por las divinidades de la montaña y seré condenado a muerte. Pero pediré protección a otros espíritus y quizás logre escapar de la condena.

Justo después de la luna llena, su escondite se incendió y todas sus tablillas fueron destruidas. Entonces se consideró perdido:

—Viví mil años sin descendientes pero ahora voy a tener un hijo. Eso quiere decir que mi muerte está próxima. Lo sé.

Después, contemplando a todas sus mujeres, lloró largamente.

—Esta montaña es inaccesible. Nunca nadie pudo llegar aquí. Desde su altura jamás pude divisar un solo soldado, ya que abajo está lleno de tigres, lobos y toda clase de bestias feroces. ¿Cómo los hombres podrán llegar aquí si no es por la voluntad del Cielo?

Ouyang escuchó esta historia contada por una de las mujeres cautivas, pero no le prestó mayor importancia. Había recuperado a su esposa y volvía a casa llevándose jades, joyas y toda clase de cosas preciosas. También rescató a todas las mujeres, algunas de las cuales aún conservaban a sus familias, que no habían dejado de buscarlas.

Al cabo de un año, la mujer de Ouyang dio a luz una criatura que se parecía a un mono. Más tarde, Ouyang fue ejecutado por el emperador Wu. Pero un viejo amigo, de nombre Jiang Zong, que quería mucho al hijo de Ouyang por su extraordinaria inteligencia, lo albergó bajo su techo.

De tal modo el niño fue salvado de la muerte. Al crecer se convirtió en un buen escritor y excelente calígrafo. Fue una persona renombrada en su tiempo y gozó de gran fortuna tal y como el gran mono blanco había predicho.

LA HIJA DEL REY DRAGÓN[55]

En los tiempos del período Yifeng[56], un estudiante llamado Liu Yi, al fracasar en un examen oficial[57] decidió regresar a orillas del río Xiang. Como tenía un amigo que residía en Jingyang[58], fue a pasar con él algunos días aprovechando el largo viaje. Apenas recorrió algunos kilómetros cuando una bandada de pájaros pareció salir de la nada y encabritó a su caballo, que se puso a galopar desbocado sin que fuese capaz Liu de ponerle freno. Al cabo de unos cientos de metros, el caballo se calmó.

Exhausto por la galopada y desorientado, Liu se bajó del caballo y trató de recuperar el aliento. Cerca de allí, pudo oír el sonido de un rebaño de ovejas, así que por curiosidad se acercó a ellas. Pastoreando los animales estaba una joven muchacha a la que Liu le pareció especialmente bella. Sin embargo había algo de extraño en su rostro, su ceño permanentemente fruncido y sus finas cejas arqueadas le daban una expresión preocupante a su semblante. Liu, que se jactaba de juzgar certeramente a las personas, también observó que sus ropas estaban ajadas y algo descuidadas,

---

55 Basado en la obra original del escritor Li Chaowei.
56 Año 676.
57 El sistema de exámenes permaneció vigente hasta el siglo XX. Basado en el aprendizaje de los libros clásicos chinos, entre ellos los Analectas de Confucio, suponía una gran oportunidad para que muchas familias de origen humilde prosperaran.
58 Provincia de Shaanxi.

signo inequívoco de una persona que se ha dejado dominar por la despreocupación y la zozobra.

—¿Disculpe, le puedo preguntar una cosa?— Preguntó Liu. La muchacha asintió al mismo tiempo que sonreía.

—¿Qué es lo que le ocurre que le provoca tanta preocupación?

La muchacha intentó guardar las formas y agradeció la pregunta con un atisbo de sonrisa, sin embargo, al no poder contenerse, rompió a llorar y respondió:

—¡Soy tan desgraciada! Sé que no le conozco pero puesto que usted se digna a interesarse por el dolor que me penetra hasta la médula de los huesos, por más que me abruma la vergüenza, me resulta imposible guardar silencio.

—No se avergüence de ello y dígamelo.

—Pues entonces le ruego me escuche con atención: soy la hija menor del rey dragón del lago Dongting[59]. Mis padres me hicieron casar con el segundo hijo del dragón del río Jing, pero mi marido no tenía ningún interés en nuestro matrimonio y se dedicó a seducir a las criadas. Después de que estas le envenenaran la mente, bebía y bebía y empezó a maltratarme. Entonces me quejé a mis suegros, pero ellos protegían a su hijo y no salieron en mi defensa. Como no dejé de quejarme, terminaron por repudiarme y me enviaron al exilio.

Al terminar estas palabras, rompió a llorar hasta casi desfallecer. Cuando se hubo recuperado prosiguió:

59 Noroeste de la provincia de Hunan.

—¡Mi hogar, el lago Dongting está muy lejos de aquí! Sola, frente a este inmenso horizonte, ¿cómo puedo hacer llegar un mensaje a mi familia? Tengo destrozado el corazón y fatigados los ojos de tanta espera, pero nadie de mi familia conoce mi desgracia. ¿Puedo preguntarle hacia dónde se dirige?

—Claro que sí—, respondió Liu —. Me dirijo hacia el sur, hacia Hunan.

—Pues si usted se dirige hacia esa dirección pasará muy cerca del lago Dongting, ¿puedo confiar una carta en sus manos?

—Desde luego, muchacha— respondió Liu —. ¡Escuchar su historia me ha hecho hervir la sangre! Le ruego me acepte como un humilde servidor, será un honor hacerle este favor. No pido otra cosa que llegar allí lo antes posible, sin embargo, el lago Dongting es muy largo y profundo. ¿Cómo podré llevar su mensaje? ¿Conoce usted el mejor medio que me permita llegar a su familia?

—¡Nunca podré expresarle cuánto me conmueve su bondad!— le respondió ella en medio de llantos —. Si alguna vez lograse una respuesta a mi mensaje, no me bastará toda una vida para agradecerle este gran favor que me hace. No se preocupe por la ubicación exacta, le puedo decir que no es más difícil llegar a Dongting que ir a la capital.

Y respondiendo a las preguntas de Liu sobre el lugar exacto donde encontrar a su familia, ella precisó:

—Al norte del lago Dongting hay un gran naranjo, venerado por los campesinos como el árbol sagrado de la aldea. Tome este cinturón, ate cualquier cosa pesada en su extremo y golpee tres veces sobre el tronco del árbol. Alguien responderá a su llamada. Sígalo y no tendrá ninguna dificultad. Seré muy feliz de que pueda darle noticias mías a mis padres. ¡No deje de hacerlo, se lo suplico mil veces!

—Estoy a sus órdenes— le respondió Liu —. No se preocupe por mí, daré con su familia aunque sea lo último que haga en esta vida.

Entonces ella sacó la carta del bolsillo y se la entregó con una reverencia. Después dirigió la mirada hacia el este y lloró, incapaz de contener su dolor. Profundamente emocionado, Liu puso la carta en su bolsa y formuló una última pregunta:

—¿Por qué cuida usted de estas ovejas? ¿Acaso las divinidades comen también carne?

—No— respondió ella —. Estos no son ovejas, sino los enviados de la lluvia.

—¿Qué quiere decir?

—Que pertenecen a la familia de los relámpagos y truenos.

Liu miró con atención a los corderos y observó que marchaban con la cabeza alta y los ojos fulgurantes. Su modo de pastar y de beber resultaba completamente sorprendente, pero en cuanto a la talla, a los cuernos y vellones, nada se diferenciaban de los corderos ordinarios.

—Como soy su mensajero— agregó Liu —espero que cuando usted vuelva al lago Dongting no se niegue a recibirme y nos volvamos a ver.

—¡Qué ocurrencia!— exclamó ella—. ¡Le esperaré con el mayor de mis afectos!

Se dijeron adiós y se separaron. Liu montó en su caballo y se dirigió hacia el sur. Después de recorrer varias docenas de pasos, se dio vuelta: la mujer y el rebaño ya habían desaparecido.

Esa misma noche arribó a la ciudad y se hospedó con su amigo. Un mes después llegó a su Hunan natal, saludó a su familia y de inmediato se dirigió al lago Dongting. Una vez allí no le fue difícil encontrar el árbol sagrado, pues exactamente al sur del lago había un único naranjo. Se quitó el cinturón tal y como le había indicado la dama y golpeó tres veces el tronco con la hebilla. Entonces esperó. De repente vio salir del agua a un guerrero de brillante armadura que le preguntó:

—¿De parte de quién viene usted?

Sin revelar aún toda la verdad, respondió:

—Deseo visitar al gran rey dragón, traigo noticias para él.

El guerrero asintió y, desenfundando su espada, abrió de una estocada las aguas para abrirle camino. Guió a Liu hasta el fondo del lago, haciéndole esta recomendación:

—Cierre los ojos y llegará en un instante, tan sólo siga caminando recto, pero ante todo, no abra los ojos hasta que no haya llegado.

Liu obedeció y al instante se encontró delante de un gran palacio, con pabellones con millares de portales rodeados de todas clases de plantas y árboles de los más raros del mundo. Dentro del palacio, el guerrero le hizo señal de detenerse en la entrada de un gran salón:

—¿Quiere el huésped tener la amabilidad de esperar aquí?

—¿Qué edificio es éste?— Preguntó Liu.

—Es el Palacio de la Bóveda Divina—, respondió.

Mirando con atención a su alrededor, Liu vio que el palacio contenía todas las piedras preciosas conocidas: columnas de jade blanco, escaleras de jaspe, lechos de coral, cortinas de cristal, dinteles de esmeralda incrustada de esmaltes, artesonados de luces de arco iris con aplicaciones de ámbar. Del conjunto surgía una impresión de belleza extraña, irreal e imposible de describir.

Mientras el rey se hacía esperar, Liu preguntó:

—¿Dónde está el príncipe del lago Dongting?

—Su Majestad se encuentra en el Pabellón de las Perlas Negras— respondió el guía —. Está conversando con el Sacerdote del Sol sobre la Teoría del Elemento Fuego. Pero pronto terminarán.

—¿Qué significa esa teoría?— Preguntó Liu.

—Nuestro príncipe es un dragón— dijo el guerrero —. Y el agua es su elemento. Con una sola gota de agua tendrá el poder de inundar montañas y valles. El sacerdote taoísta es, sin embargo, un hombre, en consecuencia el fuego es su elemento. Con una antorcha puede incendiar todo un palacio. Las propiedades de los elementos son diferentes;

sus efectos no son los mismos. Como el Sacerdote del Sol es un experto en las leyes de la naturaleza humana, nuestro príncipe lo invitó para conversar con él.

Liu se mostró muy interesado por esta explicación, cuando iba a preguntarle sobre otros detalles se abrió la puerta del palacio. En medio de una nube gris apareció un hombre vestido enteramente de púrpura, con un cetro de jaspe en la mano. Con gran placer, el guerrero exclamó:

—¡He aquí nuestro rey!

Después el guerrero se adelantó para anunciar la llegada de Liu. El rey giró su mirada hacia el viajero y le preguntó:

—¿No es usted del mundo humano?

Liu respondió afirmativamente mientras hacía una reverencia. El rey le devolvió su saludo y lo hizo sentar en el salón principal del Palacio de la Bóveda Divina.

—Nuestro reino de las aguas es profundo y sombrío— dijo el rey dragón —. Y yo no soy sino un ignorante del mundo exterior. ¿Qué razón le trae aquí, señor, viniendo desde tan lejos?

—No vengo de tan lejos, señor, de hecho soy de la misma zona que Su Majestad— dijo Liu —. Soy de Hunan, aunque cursé mis estudios en el noroeste. Después de fracasar en mi examen, hace de esto poco tiempo, al pasar por la orilla del río Jing encontré a su querida hija que hacía pastar unos corderos en pleno campo. Me compadecí de ella pues tenía su ropa hecha trizas, su aspecto era bastante descuidado y parecía estar muy afligida. Le pregunté por la causa de su desasosiego y ella me respondió que estaba en

189

esa condición por los maltratos de su marido y el repudio y abandono de sus suegros. Mientras me hablaba vertió muchas lágrimas que me llegaron directamente al corazón. Después me confió una carta y le prometí entregársela a usted. He aquí la razón por la cual estoy ante su presencia.

Entonces le entregó la carta al rey, quien después de leerla escondió el rostro detrás de la manga y se puso a llorar.

—¡Toda la culpa fue mía, culpa de su viejo padre! Fui como un hombre ciego y sordo, sin sospechar siquiera que lejos de aquí mi pobre hija había caído en desgracia. Pero usted, señor, aunque extraño a nosotros, ha venido en nuestra ayuda. ¡Mientras viva no podré olvidar nunca su bondad!

El rey lloró un poco más y su séquito lo acompañó en las lágrimas. Entonces un eunuco[60] del palacio se acercó al rey, quien le entregó la carta con la orden de pasarla a las mujeres que se encontraban en el palacio interior. Momento después se escucharon los lamentos que llegaban de los apartamentos interiores. Alarmado, el rey dijo a sus súbditos:

—Ordenen rápido a las mujeres que no formen tanto alboroto, no sea que las escuche el príncipe de Qiantang.

—¿Quién es ese príncipe?— Preguntó Liu.

—Es mi hermano menor— dijo el rey dragón —. Fue príncipe del río Qiantang, pero ahora vive plácidamente en su retiro.

---

60 Los eunucos eran los sirvientes habituales de los palacios imperiales, tradición que continuaría en China hasta principios del siglo XX.

—¿Por qué no quiere usted que sepa la noticia? Si me permite la indiscreción—, preguntó Liu.

—Porque es demasiado impulsivo— dijo el rey —. ¿Recuerda los nueve años de diluvio bajo el reinado de Yao el Sabio? Fueron la consecuencia de su cólera. Hace poco tuvo una disputa con los generales del Cielo e inundó las Cinco Montañas. Como tengo a mi favor mi buena relación con el Soberano del Cielo[61], este acordó el perdón de mi hermano, pero a cambio debe de permanecer aquí bajo custodia y encadenado. La gente de Qiantang, sin embargo, espera todos los días su retorno.

Al terminar estas palabras se produjo un gran terremoto. Parecía como si el cielo se desplomase y se hundiese la tierra. Todo el palacio fue sacudido como una espiga de trigo en medio de un temporal. Entre los torbellinos de humo y nubarrones surgiendo de todas partes, apareció un dragón escarlata, de cien metros de largo y ojos de relámpago, lengua de viperina, escamas y crines de llamas. En el cuello llevaba una gran cadena de oro atada a un pilar de jade. Y repentinamente envuelto en truenos y relámpagos, al mismo tiempo que se desencadenaba una tempestad de nieve y granizo, se lanzó hacia el cielo azul y desapareció.

Dominado por el pánico, Liu cayó a tierra. El rey fue en persona a levantarlo y lo tranquilizó:

—No tenga miedo, se lo ruego. Siempre hace lo mismo.

---

61 En China siempre se ha venerado al Cielo (Tian) como supremo demiurgo. Hecho que pervive hoy en día en numerosas expresiones en chino mandarín.

Dicho esto, Liu se desmayó por la impresión.

Después de un momento comenzó a recobrar el espíritu. Cuando se sintió suficientemente recuperado pidió permiso para retirarse:

—Permítame salir vivo de aquí y juro no volver nunca más.

—No tiene ninguna necesidad de partir y no tiene nada que temer— dijo el rey —. El dragón era mi hermano y tiene la costumbre de irse así, pero no volverá del mismo modo. Tenga la bondad de permanecer un poco más, tenemos asuntos que tratar.

El rey dragón ordenó que trajeran licores y organizó un gran banquete. Con toda cordialidad comenzó a brindar con Liu y pronto se levantó una fresca brisa que relajó el ambiente trayendo buenos augurios. En honor al nuevo invitado, se organizó un desfile de estandartes y banderas, al son de flautas traveseras y tambores. Detrás de miles y miles de doncellas vestidas de rojo que lanzaban flores y reían a carcajadas, avanzaba una bella doncella de cejas finas y arqueadas, cubierta de joyas resplandecientes y vestida de seda que parecía flotar al andar. Cuando se acercó Liu pudo comprobar que ella no era otra que la bella muchacha que le confió el mensaje; ahora tenía un gesto feliz. Humaredas rojas y púrpuras se elevaban a su alrededor y llegaban a envolver su figura, que era magnífica.

Manteniendo su sonrisa, penetró en el palacio interior, en medio de densos perfumes que danzaban a su alrededor.

Riéndose al ver a Liu boquiabierto, el rey le dijo:

—¡Aquí está de vuelta la cautiva del río Jing!

La dama hizo una reverencia, se excusó y volvió a entrar en el palacio interior, sintiéndose su dulce fragancia en el ambiente durante un buen rato. Después, el rey comenzó a beber con Liu. Se les unió en la celebración otro hombre, vestido de púrpura, un cetro de jaspe en la mano, que se mantenía al lado del rey con un gesto de orgullo y magnificencia. El rey le presentó a Liu:

—Este que veis aquí es el príncipe de Qiantang, mi hermano.

Liu se levantó y fue a saludarlo. El príncipe le devolvió el saludo con la mayor cortesía y le dijo:

—Mi pobre sobrina ha sido gravemente humillada por su marido. Caballero, he de darle gracias por su extraordinario coraje, las noticias tan lejanas de sus desgracias han podido llegar a nuestros oídos y sin su gentil intervención, la pobre dama habría terminado sus días a la orilla del río Jing. Mis palabras son insuficientes para expresar mi agradecimiento.

Liu le agradeció con una reverencia y volvió a su lugar sin atreverse a agregar una palabra más, abrumado como estaba con tanta atención y fastuosidad. Entonces el príncipe se volvió hacia su hermano mayor y le contó su aventura:

—Después de partir esta mañana del Palacio de la Bóveda Divina, llegué en dos horas al río Jing; el combate que allí libré demoró otras dos horas, y otro tanto me llevó volver hasta aquí. En el camino de vuelta volé hasta el noveno cielo y hablé con el Soberano Celestial. Cuando supo la injusticia cometida me perdonó y me absolvió la vieja condena. Esta mañana estuve demasiado dominado por mi indignación y demasiado apurado para decirle adiós. Lamento haber alborotado todo el palacio y sobre todo considero imperdonable el haber alarmado a nuestro querido huésped.

Y el príncipe retrocedió haciendo otra reverencia.

—¿Cuánta gente has matado?— Le preguntó el rey.

—Seiscientos mil.

—¿Destruiste sus campos?

—Alrededor de trescientas hectáreas.

—¿Dónde está ese marido ingrato?

—Me lo comí y lo escupí.

Tocado por la piedad, el rey dijo:

—Es cierto que ese individuo era intolerable. Pero creo que se te ha ido la mano y eso puede acarrear malas consecuencias. Felizmente el Emperador del Cielo, siempre clarividente, te ha perdonado a causa de la gran injusticia que provocó tanta destrucción. ¿Cómo se explica que te dejara libre si no es porque a él le pareció justo? En cualquiera de los casos es mejor no actuar en adelante de este modo.

—Lo hecho, hecho está, hermano—. Dijo el príncipe con otra reverencia.

Esa noche alojaron a Liu en el Salón de la Claridad Cristalina. Al día siguiente fue ofrecida en el Palacio de las Esmeraldas otra fiesta en su honor. Participó toda la familia real. Hubo un gran concierto y sirvieron todas clases de buenos vinos y manjares delicados. Nada más comenzar, diez mil soldados danzaron al son de trompetas, cuernos, tambores y juegos de campanas, enarbolando estandartes, espadas y alabardas. Uno de los guerreros avanzó para anunciar que se trataba de la Marcha Triunfal del Príncipe de Qiantang. Esa danza marcial fue ejecutada con tanta bravura y fogosidad que puso la carne de gallina a todos los espectadores. Después, al son de gongs, címbalos e instrumentos de cuerdas y flautas de bambú, un millar de doncellas vestidas de seda y adornadas con perlas y jade danzaron en el lado izquierdo del salón. Una de las bailarinas se destacó para anunciar que era la celebración del retorno de la princesa. Las melodías eran tan suaves y melancólicas que sin quererlo todo el mundo dejó caer las lágrimas de la emoción. Terminadas las dos danzas, el rey dragón, henchido de alegría, hizo distribuir piezas de seda a las bailarinas. Después, todos los invitados se acomodaron en sus asientos y comenzó el banquete, comiendo y bebiendo vino hasta más no poder.

En plena fiesta el rey se incorporó y golpeando la copa sobre la mesa a modo de brindis, recitó:

¡Vasto es el gran cielo azul y la tierra sin límite!
Infinito el ideal que cada uno guarda en sí mismo.
El zorro se cree dios, y la rata se cree santa,
ensuciando el templo, escondida bajo su muro.
¡De repente un trueno todo lo dispersa!
¡Gracias a su bondad que derramó a mares,

al fin volvió mi hija a los brazos paternales!
No encuentro ninguna palabra para decirle gracias.

Después del canto del rey, el príncipe de Qiantang hizo una reverencia y a su vez contestó con otros versos:

Unidos por el cielo y separados por la muerte
él fue un esposo indigno y ella la mal casada.
Al borde del río Jing arrastró su desgracia,
cabellos sueltos al viento, ropa empapada de lluvia.
¡Gracias a usted, oh señor, mensajero valiente,
aquí estamos reunidos, más felices que nunca!
¡Jamás, por siempre jamás, lo podremos olvidar!

Terminado el canto, el rey y el príncipe se levantaron y ofrecieron al unísono una copa a Liu que, vacilando al principio, terminó por aceptar y la vació de un trago. Después presentó a su vez dos copas a los dos príncipes y cantó:

Las nubes de jade pasan,
del mismo modo que fluye el agua.
¡Oh princesa que llora como una flor bajo la lluvia!
Un mensaje enviado la liberó de la pena.
Vengado su ultraje, la hallamos aquí serena.
¡Gracias por el concierto, gracias por el festín!
Mi casa en la montaña espera al peregrino.
¡Les diré adiós con el corazón partido de dolor!

Cuando terminó sus versos los "vivas" y "hurras" surgieron de todas partes. El rey extrajo de una caja de jaspe un amuleto de marfil que permitía ver a grandes distancias. Al mismo tiempo el príncipe dispuso sobre una bandeja de ámbar un jade que alumbraba la noche. Ambos objetos mágicos les fueron ofrecidos como regalos a Liu, que los aceptó con todos los honores. Después, todas las mujeres del palacio interior lo cubrieron con piezas de seda, con perlas y piedras preciosas, que como montículos resplandecientes fueron elevándose delante y detrás de él. Y Liu no dejaba de mirar a todos lados, confuso y sonriente, saludando sin cesar. Al fin del festín, embriagado por el vino y lleno de placer, se retiró y pasó la noche en el Salón de la Claridad Cristalina. Al día siguiente lo volvieron a festejar una vez más en el Pabellón de la Luz Límpida. El príncipe de Qiantang, algo embriagado por el alcohol y envalentonado como una fiera, le dijo a Liu con un gesto brutal:

—¿Sabe usted que una roca dura se raja, pero no se dobla? Así lo veo yo, ha actuado con valentía y se ha mantenido inflexible en sus convicciones, podría haberse ido a su hogar y sin embargo se desvió hacia el lago de Dongting a revelarnos el paradero de nuestra dulce dama. Los valientes prefieren hacerse matar antes que humillarse así que me gustaría proponerle una cosa. Si usted consiente, nos hará tremendamente felices. ¿Qué le parece?

—Pues tenga la bondad de decirme de qué se trata— le respondió Liu.

—Usted sabe que la dama del señor de Jing es la hija de nuestro soberano— dijo el príncipe —. Bella y virtuosa, ella es altamente considerada por todo el mundo. Por desgracia ha sido víctima de un hombre indigno. Pero ahora todo ha terminado. Yo quisiera presentársela, y sería feliz de contarlo a usted como un miembro más de la familia para siempre. De tal modo, aquella que todo le debe por reconocimiento tendrá la felicidad de servirle y nosotros que tanto la queremos tendríamos el placer de verla en buenas manos. Déjenos ofrecerle a la dama Jing como esposa ¡Acéptela!

Liu se mostró grave un instante. Después, intentando adoptar un tono diplomático, sonrió y dijo:

—Jamás pensé que el príncipe de Qiantang tuviese esa idea, a mi parecer inapropiada, para un hombre galante.

El príncipe de Qiantang le observó con incredulidad, pero Liu continuó su explicación:

—Creo haber escuchado bien que al montar en cólera usted ha volado sobre llanuras y cordilleras. Además le he visto romper la cadena de oro y arrancar el pilar de jade para correr a vengar a su sobrina como si nada. Me parecía que nadie podía compararse con usted por la bravura y el sentido del honor; correr a la muerte para vengar una ofensa, arriesgar la vida por una persona querida, he aquí en efecto las verdaderas muestras de su grandeza. Pero ahora que los músicos afinan sus melodías, y que el huésped y el anfitrión están en perfecta armonía, ¿por qué trata usted de imponerme su voluntad sin ninguna preocupación por la opinión y el honor de su sobrina? Ella ha sufrido lo indecible por haber sido vendida a un hombre que fue indigno de ella, y sin embargo ahora usted hace lo mismo. ¡No me esperaba esto de un príncipe! Si usted me sorprendiese sobre un mar en furia, o en una montaña tenebrosa, entonces podría intimidarme con sus escamas y sus dientes afilados y para cubrirme de nubes y lluvia para amenazarme de muerte; en ese caso no tendría ninguna elección y accedería a casarme con su sobrina sin importarme lo que ella piense de mí. Pero ahora está ante mí como un ser humano, sentado aquí para charlar sobre cosas mundanas y me ofrece a su sobrina como si fuera un premio. ¿Será posible que empleando las ventajas de su cuerpo de reptil, de su temperamento violento y del pretexto de la borrachera siempre haya impuesto su voluntad? He aquí lo que no encuentro nada correcto. Cierto es que mi cuerpo es bien débil y yo quepo perfectamente sobre una sola de sus escamas. Sin embargo, mi corazón se mantiene vivo frente a las injusticias e imponer de nuevo un matrimonio a vuestra sobrina es un comportamiento injusto, y más después de lo que ella ha sufrido. Príncipe: ¡Espero que reflexione usted un poco sobre lo que acaba de pedirme!

Avergonzado y confuso, el príncipe se excusó:

—Aunque educado en el palacio, he permanecido ignorante en las reglas de etiqueta. Por ello me he excedido en mis palabras y le he herido en sus principios de honor. Reconozco que he cometido una falta realmente reprobable y me sentiré muy feliz que usted tenga a bien conservar intacta su amistad hacia mí.

—No le guardo ningún tipo de rencor, y admitiendo su error también muestra su magnanimidad, nuestra amistad queda intacta —. Dijo Liu, dando por concluido el asunto. Esa noche hubo aún otro festín donde reinó la misma alegría que las veces anteriores.

Al día siguiente Liu pidió permiso para irse. Esta vez fue la reina la que ofreció otra fiesta en su honor en el Salón de la Luz Difusa, que se llevó a cabo en compañía de un gran número de concubinas, sirvientas y eunucos. Derramando lágrimas, la reina le dijo:

—Mi hija se siente tan endeudada por su bondad que jamás podremos expresar suficientemente nuestra gratitud. ¡Y tan pronto usted nos quiere abandonar!

Hizo venir a la princesa para que le diese las gracias.

—¿Volveremos a verle algún día? — le preguntó la reina.

En ese momento Liu se arrepintió de no haber aceptado la proposición del príncipe de Qiantang. Sentía el corazón lleno de pesar pero sabía que rechazar a la princesa era lo correcto. Terminado el banquete, todos se despidieron con lágrimas en los ojos. En el momento de partir, lo cargaron con nuevos regalos, entre los cuales había incontables joyas preciosas.

Liu salió del lago por el mismo camino de su llegada, abriéndose las aguas a su paso para salir a la superficie. Iba escoltado por una docena de hombres que cargados con su equipaje no lo abandonaron hasta dejarlo sano y salvo en su hogar.

Días después se dirigió a Yangzhou, a casa de un joyero, para vender algunas de las joyas, de las cuales bastaba una pequeña parte para convertirlo en un hombre inmensamente rico. En toda la costa derecha del río Huai no hubo hombre que pudiese comparar su fortuna con la de Liu.

Los años pasaron y Liu se casó con una muchacha llamada Zhang, que falleció poco tiempo después de la boda a causa de unas fiebres. Al cabo de un tiempo, volvió a casarse pronto con otra llamada Han, que murió algunos meses después a causa de una enfermedad que padecía hace tiempo. Entonces Liu, inundado por la melancolía y la pena de dos matrimonios fracasados, abandonó su Hunan natal y se instaló en Nanjing[62].

A menudo el tedio de la viudez y la soledad le hicieron pensar en casarse nuevamente. Desconfiando en su propio juicio, visitó a una casamentera que, después de unos días, le hizo una proposición:

—Conozco una dama llamada Lu, oriunda del distrito de Fanyang. Su padre, Lu Hao fue magistrado de Qingliu. En su vejez perdió la cabeza con el taoísmo y se convirtió en un ermitaño que solo tenía la cabeza entre las nubes y los manantiales y desapareció no se sabe dónde. El año pasado la joven se casó y entró a formar parte de la familia Zhang de Qinghe, pero desgraciadamente el marido murió poco

---

62 Ciudad del este de China, situada en la provincia de Jiangsu. Literalmente significa "capital del sur" de igual manera que Beijing significa "capital del norte".

tiempo despúes. Su madre, que tanto se lamenta por la juventud y belleza de la joven viuda, quisiera encontrarle un buen marido. ¿Será posible que ella le interese?

Liu accedió y buscó un día propicio para celebrar la boda. Como las dos familias pertenecían a la mejor sociedad, la magnificencia de las ceremonias, de los ajuares y regalos dejaron con la boca abierta a todos los ciudadanos de Nanjing.

La noche del casamiento, al entrar en la alcoba, Liu observó detenidamente a su nueva esposa y la encontró muy parecida a la hija del rey dragón, a la que no había podido olvidar durante todo este tiempo. Sin embargo, podía asegurar que su mujer la sobrepasaba en belleza. Conmovido al verla, le contó lo sucedido tantos años atrás.

—Me parece una historia extraordinaria— le dijo su esposa con una mezcla de ternura y comprensión.

El matrimonio vivió feliz y gozaban de la compañía el uno del otro. Un año más tarde tuvieron un hijo y Liu se sintió profundamente enamorado de su esposa.

Un mes después del nacimiento del hijo, ataviada con un vestido suntuoso y recubierta de joyas, su mujer recibió en la casa a todas sus amistades. En el curso de la recepción, le dijo a Liu con una sonrisita:

—A veces te noto ausente, ¿todo va bien amor mío?

—Una vez fui mensajero de la hija del rey dragón, a veces pienso en ella y no puedo evitarlo— respondió Liu —. Nunca la he olvidado, parte de mi corazón se quedó con ella.

—Mi amor, yo soy la hija del rey dragón— dijo su esposa dulcemente —. Siempre he estado observándote, gracias a ti fue denunciada la injusticia cometida en el río Jing, de modo que juré dedicar mi vida para testimoniar mi gratitud. Pero puesto que rechazaste la proposición de mi tío, como vivíamos lejos el uno del otro y en dos mundos diferentes, no tuve la ocasión de intercambiar ni una sola palabra contigo. Algo después, mis padres desearon casarme con el hijo del dios del río Zhoujin y yo no podía faltar a mi juramento, ni desobedecer a mis padres. ¿Qué hacer entonces? Aunque me rechazaste y me fue imposible verte, juré que de cualquier modo te mantendría en mi corazón hasta la muerte. Así que confié mi pena a mis padres; se compadecieron y me dejaron en libertad para partir en tu búsqueda. Tardé años en dar contigo, y por entonces habías tomado por esposas a las señoritas Zhang y a Han luego. Cuando ellas murieron y tú te trasladaste aquí, se presentó la ocasión favorable y mis padres fueron felices de que finalmente pudiesen realizarse mis esperanzas. Ahora que he logrado poder amarte para toda la vida, ya puedo morir con mis deseos colmados.

Ella se puso a llorar de alegría y continuó:

—Si de inmediato yo no te he dicho quién era, fue porque sé que mi belleza no hizo mella en tu espíritu. Si ahora me confieso es porque me has dado pruebas de tu amor y sé que nunca me habías olvidado. Ahora que tenemos un hijo me he ganado el estar a tu lado para siempre. El día que te convertiste en mi mensajero, me dijiste sonriente: "Espero que no se olvide de mí después de volver al lago Dongting". Y nunca me olvidé de ti. Míranos, ¿pensaste en ese momento en lo que somos ahora? Más tarde, cuando mi tío propuso este casamiento, lo rechazaste categóricamente. ¿Por qué? ¿Es que realmente no me deseabas, o bien te negaste porque te habían ofendido? ¡Dímelo!

—Todo está señalado por el destino— respondió Liu —. Cuando te vi por primera vez a orillas del río Jing, te encontré tan pálida y agotada de dolor que tuve que salir en tu ayuda. Pero en ese momento mi corazón no captó otra cosa que tu dolor, sin pensar en otras implicaciones. Sí, me acuerdo que te dije que esperaba volver a verte para saber que se había hecho justicia. Sin embargo, ¿cómo podía casarme con una mujer a la que terminaba de causar la muerte de su marido? He aquí la primera razón de mi rechazo, por otro lado, la causa de tu desgracia fue el haber accedido a un matrimonio en el que no tuviste elección, por lo tanto, ¿cómo podía rebajarme a hacerte pasar por lo mismo? Esta es la segunda razón. Durante el banquete con tu familia razoné de acuerdo a mis principios, sin pensar en otra cosa que en la corrección, sin temer a nada, ni a nadie. Pese a ello, el día de mi partida, al ver la ternura de tus ojos, me arrepentí de todo corazón por lo que dije y te quedaste ahí, en mi mente en forma de amarga melancolía. Años después, ya establecido en el día a día me fue imposible expresarte mis sentimientos. Y sin embargo, ¡qué alegría encontrarte ahora como miembro de la familia Lu! En todo caso, el amor que guardé en el corazón no fue una pasión efímera. ¡En adelante te amaré siempre con mi corazón sereno!

Profundamente emocionada, su mujer no pudo hacer otra cosa que derramar lágrimas y después agregó:

—Aunque soy de otra especie que los humanos, no carezco de sentimientos. ¡Sabré responder a tu bondad! Puesto que todo dragón puede vivir diez mil años, tendrás a mi lado la misma longevidad. Pasearemos libremente sobre la tierra y bajo el mar. ¡Ten confianza en mí!

—¡Jamás imaginé que ibas a ofrecerme la inmortalidad de los dioses! —exclamó Liu riéndose jubiloso.

Los dos volvieron entonces al lago Dongting, donde la magnificencia de la recepción real superó toda descripción.

Más tarde se instalaron en Nanhai[63] durante cuarenta años. Sus castillos, ropajes y festines fueron de un esplendor principesco. Liu se mostraba generoso con todas sus amistades. A pesar de su edad ya avanzada, la serenidad y su aspecto juvenil eran la admiración de todos.

Durante el período de Kaiyuan, el emperador, deseoso de encontrar el secreto de la larga vida, ordenó su búsqueda a todos los alquimistas del reino. Durante esos años Liu se sintió vigilado e intranquilo, pues sabía que los alquimistas habían oído hablar de él y de su esposa así que prefirió volver con su mujer al lago. Allí se perdieron durante más de diez años sus huellas en el mundo.

Hacia el fin del período Kaiyuan, el joven primo de Liu, de nombre Xue Gu, fue destituido de su función de magistrado

63 Provincia de Cantón.

en la capital y lo mandaron al exilio en el sudeste. En su travesía tuvo que atravesar en pleno día el lago Dongting. Montado en una barca con dos remeros, miraba hacia lo lejos y pudo ver cómo de repente surgía del agua una montaña verde. Los remeros se apresuraron para llegar a la costa, exclamando:

—¡No hay ninguna montaña por ese lado! ¡Debe ser un monstruo del agua, este lugar está encantado!

En el tiempo de un abrir y cerrar de ojos la montaña se acercó a la barca. En ese momento, una embarcación pintada de colores vivos descendió lentamente de la montaña y se dirigió directamente a la barca de Xue. Y alguien le gritó:

—¡El amo Liu le invita a pasar!

Entonces Xue comprendió que podría tratarse de su primo mayor del que tanto había oído hablar y que llevaba tanto tiempo desaparecido. Tan pronto llegó al pie de la montaña, se arremangó su túnica y trepó rápidamente. Allá arriba había palacios como los de la tierra y Liu estaba allí, con un sinfín de músicos delante de él, y detrás las doncellas cubiertas de perlas. La riqueza de los objetos de arte sobrepasaba en mucho a la del mundo de los hombres. Hablando con mayor elocuencia que antes, y viéndose aún más joven, Liu lo recibió en la escalinata. Tomándolo de la mano le dijo:

—Hace tanto tiempo que dejamos de vernos y tus cabellos ya están grises.

—Pues claro, tú estás destinado a la inmortalidad, mientras que pobre de mí, algún día me convertiré en huesos secos — replicó Xue con una sonrisa.

Entonces Liu le dio un consejo que Xue nunca olvidaría, diciéndole:

—Cuando se acerque el término de su vida, no dejes de volver aquí. En el mundo humano no hay más que dolor y sufrimiento.

Festejaron alegremente el encuentro, y después Xue se retiró. Liu entonces pareció desvanecerse sin dejar otros rastros de su vida, pero Xue a menudo contaba esa historia a sus amistades causando una mezcla de duda y escepticismo. Cuarenta años después, en su lecho de muerte, Xue pidió el favor a su familia de llevarlo al lago Dongting. Fue la última vez que se le vio.

Sin embargo se cuenta que Xue Gu, primo de Liu, fue el único ser humano que pudo aproximarse al reino de las aguas.

Printed in Poland
by Amazon Fulfillment
Poland Sp. z o.o., Wrocław